NOBLE
REINCARNATION
貴族転生
～恵まれた生まれから最強の力を得る～
6
三木なずな イラスト kyo

お前に一つ、やってもらいたい事がある
はっ。多少の餌付けか、因果を含める
必要はあるかとは思いますが。
そこは私にお任せ下さい
ヘンリー・アララート
ノアの四番目の兄にして、第四親王。

騎士選抜……ですか？
オスカー・アララート
ノアの八番目の兄にして、第八親王。

主……よろしいか
ん？　どうしたリヴァイアサン、
お前が話しかけてくるとは珍しい

何を読まれているのですか？
オードリーはそう聞きながら、俺の方に向かってきた。
そして俺の横に立ち、開いている歴史書をのぞき込む。
パーウォー帝国後期の歴史だ

CONTENTS

NOBLE
REINCARNATION

115 リヴァイアサンの不満……003
116 四阿の皇帝……018
117 譲れない事……036
118 オスカーとインドラ……049
119 皇帝の私欲……064
120 歴史を学ぶ皇帝……082
121 かつて撒いた種……095
122 歌姫との逢瀬……108
123 商人と皇太子……126
124 ヘンリーとオスカー……138
125 化かし合う世界……153
126 出征……164
127 皇帝の忍び足……179
128 絶対に、譲れない事……188
書き下ろし短編　あの日見た奇跡……199

貴族転生

NOBLE REINCARNATION

～恵まれた生まれから最強の力を得る～

6

三木なずな
イラスト Kyo

Story by Nazuna Miki
Illustration by kyo

115 リヴァイアサンの不満

「召喚に応じ参上致しました、陛下」

「うむ」

執務室の中にいた俺《おれ》は、机越しにちらっと視線をやってきた男に向けた。

机を挟んだ向かいにいるのはよく知っている顔。

第四宰相ドン・オーツ。

かつては第一王子の部下だったのが、その後俺の配下になった。

忠誠心も能力もかなりのものがあるので、俺が即位したときに引き上げて、第四宰相にした。

生《は》え抜《ぬ》きというくくりではエヴリンが一番の出世頭だが、広い意味の「家人《かじん》」だと、このドンが一番出世している。

今となっては俺の腹心と言っても差し支えないような男だ。

そのドンは、俺に呼び出されて執務室にやってきた。

俺はドンをそのまま待たせて、手元の書きかけの書類に専念した。

地方の代官に送る文書で、今一番の懸案とは関係のないことだが、これはこれで重要な政務だからまずは専念した。

時間にして約一分弱、その間ドンは何も言わず、頭を下げたまま片膝《ひざ》をついていた。

邪魔《じゃま》されずに集中できたので、予想より少し早く書き終えて、ペンを置いた。

そして顔を上げながら。

「楽にしろ」

と言った。

「はっ」

ドンはそれに応じて立ち上がるも、そこはやはり皇帝の御前ということで、背筋をピンと伸ばすのではなく、気持ち猫背の前屈《かが》みの姿勢で俺と向き合う。

ドンに限らず、皇帝とよく接する立場にいる大臣の九割は、直接顔をつきあわせる時はこうなる。

そうしないのは親王《しんのう》クラスくらいなもんだ。

だからその事にはまったく何も触れずに、ドンに直接本題を切り出した。

「お前に一つ、やってもらいたい事がある」

「はっ、何なりと」

「騎士の候補生——と言って通じるか?」

「候補生、たしか……」

ドンは微《かす》かに眉間《みけん》にしわを寄せて、首をかしげて思案顔をした。

約十秒ほど、考えてから顔を上げて、答える。

「陛下が十三親王時代から援助していた者達の事でしょうか」

「そうだ」

俺は頷《うなず》き、立ち上がった。

執務机に手を触れながら、ぐるり、と机の縁に沿ってゆっくり歩いた。

「きっかけはシェリルだ。彼女と出会って、騎士選抜に合格こそしていないが、かといって力や才能が無いわけではないという者達が市井に埋もれていることを知った。そしてその中には、次の年の試験どころか、故郷に戻るための旅費すらままならない者もいる」

「はっ……」

「それはもったいない。だから余は、そういった者達を集めて、最低限の衣食住の面倒を見させていた」

「はっ、陛下の差配《さはい》、いつもながら感服しております」

俺を持ち上げつつ、顔を上げてまっすぐ見つめてくるドン。

その話は理解している、本題は――って感じの表情で俺を見た。

俺はふっと微笑《ほほえ》み返して、前置きがすんだので望み通り本題に入った。

「その連中を集めて、武闘大会のようなものを開かせたい」

「武闘大会……でございますか？」

ドンは眉《まゆ》をひそめた。

こんな時に何を、って気持ちが顔に出ていた。

武闘大会、というのはいわば「遊び」だ。

今の俺は親征、つまり出兵を控えている大事な時期。

武闘大会なんていう遊びをしてる暇《ひま》はないはず、だと思うのが普通だ。

だがもちろん、俺は伊達《だて》や酔狂や――もっといえばただの娯楽のためにこんなことを言い出してるわけじゃない。

見つめてくるドンの視線を受け止め、見つめ返しながら更に続ける。

「そうだ。できれば三日以内に開いて、その日のうちにやってしまいたい」

「……菲才《ひさい》なれど、陛下のお考えについてご教示いただければ」

「なに、ただの思いつきだ」

俺はにこりと笑った。

思いつきだと聞いて、ドンの眉がまたビクッと跳ねた。

「騎士の候補生。あの中には一回や二回、本番の選抜に落ちた者もいる」

「はっ」

「騎士選抜は毎回選考官の好みで選考基準が異なる。余はそこに口を挟んでいない。例えば余が初めて騎士に抜擢《ばってき》したシャーリーも、選考基準が『軍の指揮能力』とかだったら合格しなかったはずだ」

「おっしゃるとおりでございます」

「だから、一度や二度落ちているとはいえ全《まった》くの弱者ではない」

「はっ、各地から集まった、いわば上澄みでございます」

ドンはそう言って、俺を見つめる。

俺は更に続けた。

「それを連れて行きたい」

「武闘大会で勝てた者を集めた部隊を、ということでございますか」

「そういうことだ」

俺は微かに笑った。

「こんな時でもなければ、余の前に呼び出して、一対一で決闘させて、勝者に闘士なりの称号を与えた上で編成をしたかったのだが」

「では内密に？」

「ああ、だからこその武闘大会。お前が裏でしきって、形はなんでもいい、少なくとも一勝できた者を集めてもらいたい」

「御意《ぎょい》」

話を理解し、頭《こうべ》を垂れて応じるドン。

俺はそのまま窓際まで歩いて行き、手を後ろに組みながら窓の外を眺めた。

「恐れながら申し上げます、陛下」

「ん？」

「このような事をせずとも、皇帝親衛軍を呼び戻せばよいのではありませんか？」

「いや、あれは呼び戻せない」

「え？」

俺ははっきりと言い切った。

有無を言わさない口調だったから、ドンはその事に驚いていた。

「あれは、余とは切り離された所に置かなくてはならん」

「はあ……」

ドンは今ひとつ理解できないでいるようだ。

皇帝親衛軍をジェシカの所に送った理由はただ一つ。

帝都の外にいて、用兵の能力があって、信頼できるのがジェシカだからだ。

帝都で何か異変があっても、それに心動かされずに手元の兵を俺のために使えるのがジェシカだ。

ちらっと視界の隅っこにあるステータスを見た。

名前：ノア・アララート
帝国皇帝
性別：男
レベル：17＋1／∞
ＨＰ　Ｃ＋Ｂ　火　Ｅ＋Ｓ＋Ｓ
ＭＰ　Ｄ＋Ｃ　水　Ｃ＋ＳＳＳ
力　Ｃ＋Ｓ　風　Ｅ＋Ｃ

体力　D＋C　地　E＋C
知性　D＋A　光　E＋B
精神　E＋B　闇《やみ》　E＋B
速さ　E＋B
器用　E＋C
運　　D＋C

ステータスで確認した、オードリーの面接も通った。

ジェシカは、俺に心酔している女だ。

即位してからまだ間もない俺に、「絶対裏切らない」と言い切れる配下は少ない。

今この瞬間叛意《はんい》はない、なら分かるのだが、人間いつどこで気持ちが変わるか分からん。

だが、絶対に大丈夫だという人間も少なからず存在する。

ジェシカはそうだ、と思えるような女だった。

だから俺は虎《とら》の子《こ》の皇帝親衛軍をジェシカの元に送った。

伏魔殿《ふくまでん》となる帝都から切り離して、いざという時の切り札にした。

その事をドンはあまり理解できていない。

腹心であり、内政の事には頭がよく回るが、軍事の才能はそこまでではない男だ。

今みたいな軍事的な配置の事は理解できない事が多い。

まあ、それはしょうがない。

「ともかく、急造にはなるが、そのやり方で秘密裏に部隊をつくって連れて行きたい」

「委細承知致しました」

ドンは頷いて、同意を示した。

「そういうことであれば、確かにそれが考え得る最善の方策。すごいです陛下」

俺はふっと笑った。

「騎士選抜ならぬ兵士選抜というだけの事だ、誰《だれ》でも考えがつく」

「はっ、しかしそれをすぐに実行に移せるのは、陛下が日頃《ひごろ》から人材を涵養《かんよう》してきたからこそでございます」

「ああ」

俺は小さく頷いた。

人は宝だ、と言い続けてきたのが少し報われたわけだ。

「話が逸《そ》れたな。ともかく、その武闘大会の開催を任せた。別に武闘大会でなくてもいい、形式は任せる」

「はっ」

「集めて戦わせるまではいいが、最後の集めて部隊にする、のは秘密裏にやってくれ」

「秘密裏にでございますか?」

「そうだ」

俺は小さく頷いた。

それが一番肝心《かんじん》な所だ。

ただの親征ならこんなことをする必要はない。

これも、オスカー対策の一環だ。

だからできるだけオスカーの耳目《じもく》から隠しとおしたい。

「……承知致しました、親王の皆様方には、私の個人的な出し物ということでご連絡さしあげます」

「そうしてくれ」

俺は振り向き、称賛の眼差《まなざ》しでドンを見た。

軍事の事は分からないが、政治の事は分かる。

秘密裏——つまり俺が「隠したいこと」と言ったから、それで連想できたようだ。

今の俺が「隠したいこと」といえば、大半はオスカーがらみだと、この腹心は理解している。

だからオスカーには隠すが、一から十まで隠していたら逆に怪しまれる。

ある程度はこちらから開陳した方がいい、という上手《うま》いやり方をとった。

「全《すべ》て任せる」

そんなドンになら、任せる事ができると俺は思ったのだった。

☆

夜、俺は一人で夜空を見上げていた。

余人を遠ざけて、一人庭で空を眺めていた。

新月の夜は、星々が百花繚乱《ひゃっかりょうらん》の如《ごと》く、競うように煌《きら》めいて美しかった。

手を後ろに組んで、それを眺めていると。

『主……よろしいか』

「ん？　どうしたリヴァイアサン、お前が話しかけてくるとは珍しい」

俺はクスリと口角《こうかく》で笑みの形を作りながら聞き返した。

俺に忠実なリヴァイアサンは、その忠実さ故に普段は話しかけてくることはほとんどない。

俺が呼びかければ即座に応じるが、自分からは何も言ってこない——というのがリヴァイアサンだ。

『主はなぜ、このようなまわりくどいことをしているのか』

「まわりくどい？」

『主が行ったこと、全てにおいて無意味。あの様な部隊など作らずとも、主が我を振るえば済むこと』

「たしかに、騎士にもならん者をいくら集めてもお前の力には及《およ》ばないだろうな」

俺はクスッと笑った。

かつての魔剣レヴィアタンでもそうだったのに、今や彼はレヴィアタンから覚醒《かくせい》しリヴァイアサンとなった。

力は以前よりも増した。

リヴァイアサンを俺が振るえば、最低でも百人の兵士に匹敵《ひってき》する力を発揮できる。

『であれば――』

「リヴァイアサン、お前、腹は減るか?」

『――我にそのような生物的な悩みはない』

俺の質問に、リヴァイアサンは語気《ごき》から不満をにじみ出しつつも、忠実に質問に答えてくれた。

その反応がちょっとおかしかった。

生物的な悩みはない――と言いながらも感情を露《あら》わにしている。

その感情こそ生物的だ、と思ったがあえて指摘はしないでおいた。

代わりに、その質問の真意を説明してやった。

「大抵の人間にある感覚だが、腹を空かせた後の一口目が一番美味《うま》いのだ」

『……』

「それと同じようにな、侮《あなど》られてからの一太刀《たち》目がもっとも効果的に振るえる。確かに、お前を振るえば俺でも単独で百――いや千の兵を倒せるだろう。が、戦はそれでは終わらん」

『千で足りなければ万を屠《ほふ》るまで』

「ものの例えだ」

俺はふっと笑った。

リヴァイアサンの語気から、「万、いや十万、いや百万――」とエスカレートしていき、話が本筋から盛大に脱線していきそうなのを感じたから、先回りしてそれを止めた。

「例えばだ、かつてのアルメリアの反乱の時、お前の力で首謀者を狙撃《そげき》した。あれは効果的に、瞬時に反乱を終わらせることができた。そしてまわりも震撼《しんかん》した。今の話で言えば一万人を倒した事に匹敵する戦果だ」

『……』

「ただな、まわりが震撼したその結果、超遠距離狙撃に対する対応策が出来上がった」

『……』

「もしあの時お前があああしていなければ、今回もお前の狙撃でカタがついた」

リヴァイアサンは完全に黙り込んでしまった。

俺が六歳の頃のあの一件は衝撃的だった。

リヴァイアサンがまだ覚醒する前の、レヴィアタンだった頃のことだ。

ある日、俺の封地であるアルメリアで反乱が起きた。

その反乱の首謀者から、俺に暗殺者が差し向けられた。

暗殺者にはかなり高度な呪術《じゅじゅつ》が施《ほどこ》された武器を持たさせた。

それだけ本気だったたって事だ。

しかし、レヴィアタンはその呪術から「俺に向けた悪意」だけを読み取って、その出元である反乱の首謀者を狙撃した。

数百キロ先の相手をピンポイントで魔法で撃ち抜いて、反乱を鎮圧させた。

それはすごかった、前代未聞にすごかった。

あまりにも衝撃的すぎたから、それの対応策ができてしまった。

当然といえば当然だ。

その気になればどこからでも狙撃できる様なやり方をいつまでたっても放置しておくことはない。

誰だって恐れて、対処を講じようとする。

あれは一種の抜け道的なやり方だった、そして抜け道は見つかれば塞《ふさ》がれてしまうものだ。

「反乱軍に狙撃はもう通じない、今回は直で出向く事になる。それと同じだ。戦場で初めて百人を斬《き》ったときは驚かれるが、二回目以降に一万人を斬ったところでさほど驚かれん。その一回目の驚きは一番有効なところで使いたい。そうなるときのために、まわりを強い兵士で固めておきたい」

『はっ、さすが主。我の浅慮、深く恥じ入った』

「気にするな」

俺は手を後ろに組みながら、少し歩いた。

もう星空は目に入っていなくて、前だけを見ていた。

前を見ているが、実際のところなにも見ていなかった。

「それと、オスカーも今は手をだせん」

『承知している、いまそうしてしまっては主の名声に傷がつく』

厳密には父上の名声だが、そこまで厳密に切り分ける必要もないからスルーしておいた。

「そしてオスカーが心から臣従してくれない限り、この先俺には様々な試練が降りかかるだろう」

深呼吸して、さらに続ける。

「お前は切り札だ、少なくとも戦場で振るったことはない。だからこそ一発目は最大の戦果がでる場面までとっておきたい――これで納得したか？」

リヴァイアサンに聞く。

リヴァイアサンは少しの間、沈黙した後に。

『さすがは主。我を手にしていながらの深謀遠慮《しんぼうえんりょ》、深く感銘受け入った』

リヴァイアサンは納得したような言葉を口にした。

実際にどうなのかは判断がつきにくいところではあるが、イメージよりもずっと知性的なリヴァイアサンだ、大丈夫だろうと思った。

俺はふっと口角に笑みの形を作りながら、懐《ふところ》から一枚の紙を取り出す。

それは、オスカーの屋敷に忍ばせた間者からの知らせだった。

父上に倣《なら》って、あっちこっちに間者を忍ばせて、情報網を築いている。

その一つからの報告だ。

そこには、オスカーの家人イスカがオスカーを秘密裏に訪問したという事が書かれていた。

訪問した事だけ、だ。

『無能極《きわ》まる』

リヴァイアサンがまた口を出してきた。

116
四阿の皇帝

「ん？」

『不穏な動きがあれば仔細《しさい》まで探るのが道理ではないか、なのにこの程度の報告では』

「ああ、それはわざとだ」

『わざと？』

「そうだ。こういう間者ってのは、普段は何食わぬ顔で使用人の中に交じっている。そのただの使用人が、何かを見て気になったから探りを入れた——そんな事をしたら怪しまれる。潜入や調査の専門ではないのだから」

『であれば専門家を使えばいいのではないか？』

「ふふっ」

『主？』

「例えばだ、お前をオスカーの屋敷に置いてきて、見たものを全部報告しろと命じたとして。お前は何か秘密を探ってこられると思うか？」

『…………不可能だ。我は存在感が大きすぎて、秘密ごとを探るのに向いていない』

リヴァイアサンはやや拗《す》ねた様な口調で答えた。

向こうも気づいているんだ。

俺《おれ》のこの質問が、実質「できない事を自分の口から言わせる」のと同じことを。

「そういうことだ。お前のは極論過ぎるが、探りの専門家も同じことが言える。オスカーほどの男であれば、そういう人間が放つ非日常な違和感を見逃すはずがない」

『なるほど』

「だから俺は買収した者全《すべ》てに『見たままを報告』『深入りはしなくていい』と命じている。その代わり複数ルートを作る」

俺はそう言いながら、最初に読んだ手紙に重ねていた、もう一枚の手紙をかざした。

それは別の使用人——門番の男からの報告書。

「オスカーの家人《かじん》、入るときは深刻な表情してたのに、出るときは得意げな表情をしてたみたいだな」

『むっ』

「これでもまだ内容は分からないが、話の方向性は推察できる」

『むぅ……すごいな主、そこまで考えていたとは』

俺はにこりと微笑《ほほえ》んだ。

リヴァイアサンが納得してくれてよかった、と思った。

同時に、二通の手紙を読む。

具体的な内容は分からないが、オスカーが家人になにか唆されたかもしれない、という推測が成り立つ。

もしかしたら出征中の俺を狙《ねら》ってくるのかもしれないと思った。

やはり、切り札のリヴァイアサンは手元に取っておきたいって思った。

同時に、ちょっともどかしくも思った。

この諜報《ちょうほう》網のやり方は俺なりに考えた結果だ。

精度が低くても、一つ一つの情報量が少なくとも、複数から入ってくれば、それを組み合わせてどうにかなる。そう思った。

質を量でカバーというやり方だ。

このやり方のメリットは、何か起きたとき、複数の報告が入れば「何かが起きた」というところまでは分かる。

質に任せた一件の報告だけだと、本当に起こったのだろうかという疑問が拭《ぬぐ》いきれない事がおおいが、量に任せた報告が五件十件も来れば「何かが起きた」ということだけは確実になる。

「父上はどうしていたのだろうか」

父上の耳目のすごさはよく思い知っている。

父上のは量も質も、何よりも速さがとんでもなかった。

父上ならこういう時、オスカーの動向を完全に摑《つか》めていただろうな、と思ってしまう。

オスカーがどう動くのか分からない、そもそも動くとは決まっていない。

「……」

分からないというのは、時としてメリットもある。

俺には、オスカーが本当に動くのかどうかが分からない。

分からないから、曖昧にできる。

オスカーの性格を脳裏《のうり》に想像してみる。

彼の性格上、何をしても、相手の手札がはっきりと分からないうちは動きを控える可能性が大きい。

なら、こっちのするべき行動もおのずと決まってくる。

俺は月のない夜空を見上げながら、曖昧《あいまい》そうに見える札をより増やす方法を考えたのだった。

庭での気分転換のあと、俺は執務室に戻って、政務の続きを消化した。

帝国皇帝というのは忙しいものだ。

父上を見てある程度想像はしていたが、実際に即位してからその考えすら甘かったと思った。

皇帝というのは、俺が転生する前の庶民の頃《ころ》に想像してたものの百倍は忙しい。

酒池肉林《しゅちにくりん》などする暇《ひま》などない、毎日のように各地から上がってくる報告と指示だけで時間のほとんどを持って行かれる。

今もそうやって処理していた。

手元にはアルメリアにいるエヴリンからの書状が開かれている。

さすが俺の屋敷から出て行った家人。

俺の方針をよく知っている内容だったから、全て任せると赤いインクで返事を書き込んだ。

「陛下」

そうしていると、宦官《かんがん》の一人が話しかけてきた。

顔を上げると、執務机の向こうにいるのは少年の様な幼い宦官だった。

少年は俺の前に跪《ひざまず》き、顔を上げてこっちを見ていた。

「初めて見る顔だな、名前は？」

「え？　あ、はい。ルークっていいます」

少年宦官は少し戸惑い、俺の質問に答えた。

俺はペンを置いて、近くにある手ぬぐいで手を拭《ふ》きながら、更に質問した。

「ルークか。まだ幼いようだがなんで宦官になった」

「は、はい。い、妹の薬代のためにです」

「そうか」

俺は小さく頷《うなず》いた。

珍しい話じゃなかった。

宦官は去勢させるという大前提があるから、入ってくる人間にはまとまった支度《したく》金を渡す事が当たり前だ。

むしろそれをエサにして、半ば騙《だま》すような形で数を集めている。

だから貧《まず》しい家の末っ子とかが、家を継がなくてもいいのを理由に宦官に志願してくる者が多い。

そういう家庭からすればあの一時金が大金なのは間違いないからだ。

目の前の少年もそうか、と納得した。

「で、何かあったのか」

「あっ、はい。ニール様っていう人が来てます――じゃなくて、おめ、おめど……？」

「お目通り？」

「はい！　オメドオリをって言ってます」

「そうか、通せ」

俺はふっと笑いながらそう言った。

まだ仕事に慣れていない少年宦官に莞爾《かんじ》となりながら、ニールの事を許可した。

少年宦官ルークは立ち上がり、慌てた様子で身を翻《ひるがえ》して、執務室から出て行った。

しばらくして、入れ替わりにニールが入ってきた。

ニールは執務机の前に足を止めて、作法にのっとって片膝《ひざ》をついて一礼した。

「はは」

「こ――じゃなくて、陛下？　なにかおかしかったか？」

「いやなに、さっきの少年は新入りだから言葉遣いも作法も下手なのは仕方ないことだったが、お前も作法が苦手なんだなって」

俺が言うと、ニールは赤面しつつ、微苦笑《びくしょう》した。

「こういうのなれてないもんで」

「だったらよい。口うるさい年寄りがいない所だと礼法は無用だ」

「それは助かる」

ニールはフッと笑い、まっすぐ立ち上がった。

そこで必定以上に謙遜《けんそん》しないのがこの男の美徳の一つだなと思った。

ニール・ノーブル。

帝国最強の老将ダミアン・ノーブルの三男。

少し前にダミアンが息子達を官職に推薦したとき、この三男だけ推薦しなかった。

長男、次男、四男と。

あの実直な武人が、様々なうたい文句《もんく》で息子達を売り込んだのにもかかわらず、この三男の事だけは何も触れなかった。

それを不思議に思った俺は、この三男の事を調べた。

すると、彼が他の三人の兄弟と違って、親の推薦やら七光りやらなくてもいずれ頭角を現わしてくるほどの才能を持った男だと知った。

人は宝だ。

それを知って居ても立ってもいられなくなった俺は、直接出向いて、口説《くど》き落《お》として配下に加えた。

剣の才能はあるが、性格的に「堅苦しい」事は苦手、というタイプの男だ。

そんな堅苦しさの型にはめこんでしまうのはもったいない男だと思ったから、ニールには礼儀作法は無用だと言ってやった。

俺は椅子《いす》に深く背をもたせかけて、完全に手を止めた姿勢でニールに聞いた。

「で、今日はなんのようだ？」

「今度の親征、俺もつれてって下さいよ」

「なんだ、手柄でも欲しくなったのか？」

「有り体《てい》にいってそんなところですかね」

「ふむ」

小さく頷きつつ、ニールを見た。

この男ほど「手柄」という言葉から縁の遠い男もいないなと思う。

手柄とか立身出世とか、そういうことに興味がない男だと思っていた。

「なんだったら例の歌姫の護衛でも構わん、その辺の連中よりは役に立つぜ」

「アリーチェの事か？　それなら余の目に届かない所に置くつもりはないから平気だ」

「そうか」

「だがまあ……」

俺は少し考えた。

ニールは俺の持ち駒《ごま》の中でも特に「使える」方だ。

名前：ノア・アララート
帝国皇帝

性別：男
レベル：17＋1／∞
HP　C＋B　火　E＋S＋S
MP　D＋C　水　C＋SSS
力　C＋S　風　E＋C
体力　D＋C　地　E＋C
知性　D＋A　光　E＋B
精神　E＋B　闇《やみ》　E＋B
速さ　E＋B
器用　E＋C
運　D＋C

ステータスでも、俺に忠誠を誓っている事は分かる。

その上剣の腕も立つ。

たしかに有効な場所に配置しないのはもったいないと思った。

「……」

俺は少し考えたあと、脳内にある絵図が浮かび上がった。

「なら、一つやってほしい事がある」

「お、なんだ」

「その前に下準備だ。第四宰相の所に行って、勝てるだけ勝ってこい」

「勝つ？　なんの話だ」

「まずはそれからだ。その間に余も準備を進めておく」

「……」

ニールはしばし俺を見つめた。

「勝てるだけ勝てばいいんだな」

「ああ」

「分かった」

ニールは頷き、颯爽《さっそう》と身を翻して、執務室から出て行った。

聞き分けの良さと決断の速さはそれだけで一種の才能だなと思った。

それを見送った後、俺は。

「誰《だれ》か」

と叫んだ。

すると、さっきの少年宦官ルークが入ってきた。

ルークは慌てた様子で入ってきて、半ばすっころげるかのように、執務机の前に平伏した。

「お、お呼びですか陛下」

「兵務大臣を呼べ。余は庭にいるからそこへ通せ」

「はい！」

応じた後、ルークは這《は》うようにして部屋から出て行った。

俺も立ち上がって、部屋を出た。

廊下を歩いて、目的の場所に向かっていく。

すぐに女官《にょかん》がそっとやってきて、俺に肩掛けをかけた。

夜風が体に障《さわ》らないように——ということだ。

それを無言で受け取りながら、足取りをそのままに、庭に出た。

離宮の庭園は夜でも至る所に明かりが灯《とも》されている。

それを頼りに池に向かった。

そこそこ広い池は、中心に島があり、その島の上に四阿《あずまや》が建てられている。

四阿の中には石造りの椅子とテーブルがあって、自然な形で「島の一部」として溶け込んでいる
俺はその石造りの椅子の一つに腰を下ろした。

すぐさま女官が茶を持ってきた。

氷を使った冷茶は、あれこれ考えごとで熱を持った頭をほどよく冷やして、すっきりさせてくれた。

石のテーブルの上にカップを置く。

氷入りの冷茶は、カップの外側に水滴が滴《したた》った。

最初に女官が置いた場所と、飲んだ後に俺が置いた場所。

微妙に離れている二カ所の水溜《みずたま》りを作った。

それを眺めながら待つこと三十分、ヘンリーがすっ飛んできた。

橋を渡って小島に上陸して、四阿の入り口で片膝をついた。

「兵務親王ヘンリー・アララート、召喚に応じ参上致しました」

「うむ、そこに座ってくれ。兵務親王にも茶を」

やって来たヘンリーと、案内してきた女官にそれぞれ告げてやった。

すぐさま、女官がヘンリーの分の茶を運んできた。

俺が飲んでいたものと同じ、貴重な氷を使った冷茶だ。

「ごくろう、下がれ」

「はい」

女官が命令に従って下がった。

俺はなんとなしに庭園の風景を眺め、ヘンリーは横目で女官がいなくなるまで見送った。

女官がいなくなったあと、ヘンリーは改めて俺にまっすぐ向いてきた。

その際にちらっと、俺が飲んでいたカップと二つ水溜りを見た。

「このような所に私を呼び出して、何か機密のご相談ですか」

ヘンリーは察しが速かった。

壁に耳ありという。

秘密の話をするときは、こういう庭の孤島のような、まわりに誰も隠れる場所がない所を使うのがベストだ。

密室というのは実はよくないものだ。

一見して壁で囲んでいるので聞かれないように見えるが、壁の向こうで誰がどうやって聞き耳を立てているのかまったく分からない。

こういう風に、完全に開けた場所が密談にもっとも向いている。

今はもうないが、数百年前に貴族の間ではやったホールボールという競技があった。

大草原かと見まがうほど広い場所に、静止したボールを棒《ぼう》で打って、百～数百メートル先の穴の中にいかに少ない打数で入れられるかを競う競技だ。

競技としてはそこそこ人気があったが、それ以上にコースごとに百～数百メートルあると言うことは、広大な競技場の中で二人っきり、という言い換えも出来る。

つまりそこで何を話しても誰にも聞かれる事が無いから、密談としては最高のロケーションというわけだ。

それと同じで、俺はこの開けた場所、誰にも聞き耳立てられない場所を選び、そしてヘンリーはすぐにそれを理解した。

「陛下？」

「ああ、すまん。少し考えごとをしていた」

俺は飲みかけのカップを指で弾《はじ》いて、ヘンリーに改めて目線を向けた。

「一つ聞きたいことがある。兵務省に訳ありの連中はいるか？」

「訳あり……でございますか？」

ヘンリーは眉《まゆ》をひそめ、不思議そうな目をして俺を見た。

聞き返すまでもない、「なんでそんな事を？」って言ってるような顔だ。

「ああ、なんでもいい、とにかく『訳あり』だ。できれば部隊くらいあるといいが、なければ数人程度でもいい」

「百人ちょっとの、愚連隊《ぐれんたい》のような連中ならいますが……」

「どういう連中だ？」

「元は盗賊に近しい連中だったが、その――」

「ああ、いい。別に詮索《せんさく》するつもりはない、言えない事もあるだろう」

「恐縮です」

「重要なのは、そいつらがヘンリーの言うことを聞くかどうか、だ」

「そうですね……」

ヘンリーは思案顔をした。

俺の口調からこれは重要な質問だと気づいて、本気で考えているようだ。

「さしあたって、連中が『使い捨てにされた！』と感じなければ大抵のことは」

「ははは、分かりやすい奴《やつ》らだな。飴《あめ》はしっかりやれてるか？」

「それなりに」

「よし。では余からも少し飴をやろう、一人あたり500リィーンだ」

「連中に代わって御礼申し上げます」

ヘンリーは立ち上がって、恭《うやうや》しく腰を折って頭を下げた。

そして再び座って。

「して、何をさせるのでしょう」

「ニールを知っているな」

「ニール……ノーブルの子でございますか？」

「ああ、そいつらをニールに持たせて、闇《やみ》に潜ってもらう」

そう告げるとヘンリーが目を見開き、驚いた。

「それはなぜ？」

「ニールには今箔《はく》をつけさせている、上手《うま》く行けばニールが一番だ。その一番が兵務省の訳あり連中と一緒に闇に潜った。ヘンリー、お前ならどうする？」

「それは……」

ヘンリーはそう言った、また思案顔をした。

俺はヘンリーの答えを待ちながら、カップの二つの水溜りを交互に触れて、指先でなぞって一つにつなげた。

「……なるほど、私の前には誰もいらっしゃっていなかった」

「……」

俺はふっと微笑んだ。

「誰が来たと思った?」

「第四宰相か、皇后《こうごう》陛下か」

「ははは、正反対の二人だな。まあそうなるな」

「ちょっと楽しくなってきて、声に出して笑った。」

「上手いなヘンリー、オードリーも入れてくるとは」

「さすが陛下、お見それ致しました」

ヘンリーは立ち上がり、腰を折って一礼した。

この四阿を誰かと一緒に使う時は、機密の話をするか、さもなくば妃《きさき》達を引き連れての遊楽の二パターンしかない。

その上ヘンリーと会っていれば、「今回」は機密の話に絞られるだろう。

しかしヘンリーはそれに加えて、女達を引き連れたパターンも可能性として挙げた。

可能性がゼロではないのなら考慮する――というのが分かって、ちょっと楽しくなった。

「話を戻そうか」

「はっ。選択肢がふえる事で、相手は疑心暗鬼《ぎしんあんき》にはなる」

「その通りだ、ニールのことも勝手にそうなるだろう。たとえ実際はどこかに物見遊山《ものみゆさん》に行っているだけだったとしても、それを怪しむ。可能性の検討《けんとう》は賢《さか》しい人間ほどやめられない」

「さすが陛下でございます。相手はきっと疑心暗鬼に陥《おちい》る事でしょう」

「そうだとたすかるな」

俺は頷き、立ち上がった。

手を後ろに組んで、ぐるっと身を翻して池を見た。

「皇帝親衛軍は外に独立させた、が、それは明るい所にいる。中にいくらでも間者を潜り込ませられる。そこで存在は知られているが、詳細はまったく摑めない、闇の中に配置できる駒《こま》が欲しい」

「人は、見えなければ躊躇《ちゅうちょ》が生まれます」

「賢《かしこ》ければ賢いほどな」

小さく頷き、ヘンリーの言葉に同意した。

「改めて聞くが、その愚連隊とやらはこの役に適していそうか？」

手を後ろに組んだまま、首だけ振り向いて、肩越しにヘンリーを見る。

「はっ。多少の餌付《えづ》けか、因果を含める必要はあるかとは思いますが。そこは私にお任せ下さい」

「分かった、任せる」

俺は前を向いた。

前を向いて、まっすぐ遠方を見つめた。

ヘンリーは黙り込んで、俺の次の言葉を待った。

117 譲れない事

話は終わった。

終わったが、皇帝の許しがない限り臣下は勝手に席を外すことは許されない。

話が終わったように見えても、俺《おれ》が何か言わないかぎりヘンリーは動く事はできない。

だからヘンリーは待った。

俺も黙ったから、二人の間に沈黙が流れる。

しばらくしてから、俺から口を開いた。

「ヘンリー」

「はっ」

「余がまわりくどい事をしていると思うか」

「陛下の深謀遠慮は我らの及ぶところではありませ――」

「兄上」

「――っ!」

ヘンリーは息をのんだ。

彼を兄と呼んだのは、おそらく俺が即位して以降初めてだ。

この、まわりに誰《だれ》も聞かれないような四阿《あずまや》というシチュエーションで、俺はそうした。

「まわりくどいと思うか」

「……多少は」

ヘンリーは少しの戸惑いを残しながら、静かに答えた。

「俺はですね兄上、帝位を望んではいなかった。少なくともアルバートが事を起こすまでは」

「当然のことだな」

「その後もうっすらとは思っていたが、それでもヘンリー兄上か、オスカー兄上になると思っていた」

「……そう、だな」

「だが、父上は俺に帝位を渡した。兄上、父上は兄上にこう話してはいないか。名君の九割は晩節を汚している、と」

「名君の九割は……？　ああ、遠回しに似たような事を言われたことはある」

「俺は直接、今の言葉のままだ。父上はその事をすごく危惧《きぐ》していた」

「ああ」

ヘンリーははっきりと頷《うなず》いた。

「父上は武功も凄《すさ》まじいが、文人気質も持っておられた」

「文人気質？」

初めて聞く評判に、俺は不思議がってヘンリーに振り向いた。

「素晴《すば》らしい文学作品は、最後までしっかり仕上げてこそだ」

「ああ……音楽もそうだな」

俺が言い、ヘンリーが頷いた。

俺の脳裏《のうり》にアリーチェの姿が浮かび上がった。

文学作品はよく分からないが、アリーチェの歌はいつも余韻まで楽しませてくれるのが印象に深い。

ヘンリーは更に続く。

「陛下は間違いなく千年に一人の名君、そのご自分の治世を一つの物語と考えれば、最後に躓いてしまったら竜頭蛇尾《りゅうとうだび》どころの騒ぎではない」

「そう。だから、俺はヘンリー兄上に帝位を譲るわけにはいかない、反乱さえも起こさせるわけにはいかない。そのどれも父上の物語を汚すことになる」

「どうしてもという場合は」

「ん？」

「暗殺という手もあるが」

俺は首を振った。

「露見しないはかりごとは存在しない。いや、噂《うわさ》になった時点でだめだ」

「人は時として病弱になる」

俺は一瞬きょとんとなった。

ヘンリーのそれは、遅効性の毒で病死に見せかけて——というものだ。

近いところだと、ギルバートが父上に仕込もうとしていたボイニクスの酒と竜の爪《つめ》だ。

ああいうのと同じで、かつ、効果が更にゆっくり出るものもある。

が。

「それはだめだ、余命幾ばくもないとなったら破れかぶれの行動に出ることもある」

「……すごいなお前は、そこまで考慮してるのか」

ヘンリーは目を瞠《みは》って心底驚いた表情をした。

「兄上は何か良い方法を知らないか?」

「綱渡りを続けるしかないだろう……今は」

俺はふっと微笑《ほほえ》んだ。

振り向いて、再び前を向いた。

ヘンリーの言うとおり、今は綱渡りを続けるしかないだろう。

針の穴に糸を通し続ける事を続けるしかない。

そのための「実」も用意した、「虚《きょ》」も放《はな》った。

次は……。

俺はそのまま、少し考えた。

「実」も「虚」ももうある。

この上でできる事はあまりない。

ならこれ以上余計な事はしない方が良いか。

今までにやったことは全部、オスカーを牽制《けんせい》する事だ。

バランスが難しいところだ。

帝都を留守にする皇帝としてある程度の事はやって当然で、伝わっても良いけど、必要以上に刺激しすぎるのもよくない。

どうするか。

もうひとつくらいは――。

「へ、陛下」

「ん？　お前は……ルークだったか」

「は、はい！　ルークです！」

声をかけられて、熟考から現実に引き戻されると、四阿のすぐ外側の橋の上に、少年宦官《かんがん》ルークが跪《ひざまず》いているのが見えた。

「どうした」

「か、風が出てきました。まだここにいます――いらっしゃるんですか」

途中で言葉遣いを改める新米宦官のルーク。

言い換えてもまだまだ足りないが、俺はくすっと微笑むだけで指摘しなかった。

新米なのだ。

その程度の事は自然と覚えていくものだから、強く言うほどの事じゃない。

「かまわん、もう少しここにいる」

「わ、分かりました。だったら、温かい飲み物はいりますーーえっと、お持ちします、か？」

「かまわん、飲み過ぎると尿《にょう》が近くなる」

「わ、わかりました」

「……」

俺はしばしルークを見つめた。

ルークは不思議そうに俺を見あげた。

ちょっとだけ、面白《おもしろ》かった。

これがある程度の経験を積んだ宦官やら女官《にょかん》やらだと、「もしかして不興をかったのでは？」と心配になるところだが、経験の浅いルークはそうはならなかった。

「そういえば、お前は家のために志願して宦官になったんだったな」

「は、はい！」

「逃げようとは思わなかったのか？　確か宦官の志願者でも、去勢の直前になって、七割くらいは逃げ出すものだといつだったか見た記憶があるのだが」

「あっ……えっと、どうしてもお金が、必要だったから」

「たしか、妹の薬代だったか」

「はい」

ルークは跪いたまま、俺を見あげながら、はっきりと頷いた。

「それでも逃げようとは思わなかったのか？」

更に問い詰めてみた。

宦官になるには去勢をしなければならない。

去勢というのは、つまるところ男の生殖能力を奪うことだが、ここ最近帝国がやっているのは全去勢だ。

特に俺が即位してからはそうなっている。

これは俺がどうこう、という事じゃない。

新しい皇帝が即位したとき、特に血統の純潔を保つため、新しい宦官は「間違いがない」ように、陰茎から睾丸《こうがん》まで、全部取る全去勢がとられる。

例えば父上――先帝の晩年くらいであれば、後継者もある程度決まっている状況であれば、睾丸のみの除去で済む時代もあった。

全去勢ともなれば、説明を受けてますます及び腰《ごし》になるのは当たり前だが、それでもこの少年は踏みとどまった。

それが少し気になった。

「妹が生きてて、幸せに暮らす。俺にはそれが絶対に譲れないところですから」

「絶対に譲れないところ、か」

なるほどな。

「妹は今どうしている」

「少し持ち直しました。まだ薬代が要りますけど、俺の給料でぎりぎりどうにか」

「そうか……ペンと紙を持て」

「は、はい！」

ルークは慌てて走って行った。

しばらくして、ペンと紙を持ってきた。

俺はそれを受け取って、紙の上にペンを走らせた。

一通り必要な事を書き留めた後、肌身離さず持っている皇帝の印を使って、末尾に署名と印を押した。

それをルークに渡した。

「これを持っていけ」

「こ、これは？」

「典医に見せろ。それでお前の妹を診てやれる」

「え、ええっ⁉」

「民間の医者よりはちゃんとした治療をしてやれるはずだ」

「て、てんいって……まさか、陛下を診る……」

「そうだ」

「そんな！　あの、俺、そんなお金払えません」

「ははは、新鮮な返事だ」

「え？」

「皇帝――いや親王でもそうだったが、下賜《かし》に対して『金は払えない』というのは初めて聞いたかもしれないな。安心するな、金は取らん。気まぐれだ」

「……」

ルークはぽかーんとした後、ガバッ、と地面に平伏した。

「ありがとうございます！」

名前：ノア・アララート
帝国皇帝
性別：男
レベル：17＋1／∞
HP　C＋B　火　E＋S＋S
MP　D＋C　水　C＋SSS
力　C＋S　風　E＋C
体力　D＋C　地　E＋C
知性　D＋A　光　E＋B
精神　E＋B　闇《やみ》　E＋B
速さ　E＋B

器用　E＋B
運　　D＋C

ちらっと見えたステータスには、＋の後ろが少し上がっていた。

いつものこと、これが忠誠を誓われた証拠なのだと分かる。

ルークにとって絶対譲れない事。

そこに触れてやったため、忠誠を誓ってきた。

……。


「陛下？」

「ん？　ああ、なんでもない。それよりもオスカーを呼べ」

「わ、分かりました！」

ルークは慌てて走って行った。

後ろ姿を見送った後、四阿の上に立ったまま、向こう岸を見つめた。

「絶対に譲れないもの、か」

そのまましばらく待った。

ヘンリーの時とさほど変わらない程度の時間で、オスカーがやってきた。

オスカーは一直線に橋を渡って、四阿の入り口で跪いた。

「召喚に応じ、オスカー参上致しました」

「うむ、こっちに来て座れ」

「はっ」

オスカーは応じて、四阿に入ってきた。

それでも俺より早く座る事なく、俺が振り向き、座るのを待ってから、オスカーも気持ち腰を曲げて恭しく座った。

俺達が座るのを待って、ルークが茶を運んできた。

俺とオスカーの前にそれぞれ置いて、恭しく下がっていった。

オスカーは怪訝《けげん》そうな顔をして、ルークの後ろ姿を見送った。

「どうした」

「あっ、いえ。あの宦官……態度が普通の宦官と違うような気がしたので」

「ほう、よく分かったな」

「宦官には気をつけるようにしてます」

「ああ、その方が良い。余は皇后《こうごう》に恵まれてまだ無縁だが、どうやら宦官の表情から内裏《だいり》の機嫌も推察できるそうだな?」

「さすが陛下、おっしゃるとおりでございます」

オスカーはにこりと微笑んで、座ったまま微《かす》かに一揖《いちゆう》した。

「宦官は内裏の世話をするのが主な役割、だから機嫌などの影響を強く受けますからね」

「ああ、過去には宦官がひどく怯《おび》えていたから、そこから妃《きさき》の悪行が発覚したという例もあったそうだな」

「おっしゃるとおりでございます」

「うむ」

俺は小さく頷いた。

皇帝でも親王でもそうだが、家に居られる時間の方が少ない。

それで自然と、皇后《こうごう》や妃《きさき》、親王の夫人などは女官や宦官と接する時間の方が長くなる。

だからこそ悪さしないように宦官には去勢させるのが一つと、女側が悪さをした場合、意外と本人はキモが座ってて何でも無いように装えるのだが、宦官はそうじゃなく、怯《おび》えたり不安がったりして態度に出てしまう。

そこから色々「察する」事ができるわけだ。

だから、内裏につけている宦官の変化を察するのも重要な仕事というわけだ。

「あの宦官に病気の妹がいると聞いてな、典医をつけてやった。それでだろう」

「……やはり陛下はおすごい。私も見習わねば」

オスカーは神妙な顔でそう言った。

「そうか？」

「それを恩を売っておけば、内裏における味方が増えますからね。女同士が結託している——というのを最初期に察知出来るだけでもかなり違います」

「大変そうだな」

「女が本気で結託すると、男なんてひとたまりも無いですからね」

「はは、違いないな」

俺はオスカーと笑い合った。

ひとしきり笑い合った後、俺は「さて」と前置きして、本題を切り出す。

118 オスカーとインドラ

「今回の親征で、余は半年はまずは帰れないとみている。そこで、一つオスカーには重要な事をやってもらいたい」

「なんでしょうか」

「今年の騎士選抜の選考官だ」

「騎士選抜……ですか？」

オスカーは眉《まゆ》をひそめた。

さっきまで愉快《ゆかい》そうに笑っていたのに、表情が百八十度変わった。

「気持ちは分かる。騎士の選考官なんて、普通はもっと暇《ひま》な親王がやるものだ」

「いえ、決してそのような――」

「よい、平時ならそれで正しい」

「――はっ」

オスカーは神妙な顔で頷《うなず》いた。

平時、という言葉の行間を読み取ったようだ。

何事もそうだ、平時と非常時のやり方はまったく違うものだ。

もちろんオスカーにもその理屈は分かっているし、俺《おれ》のこの言い方で今から非常時の話をするんだと察した。

「ご下命謹《つつし》んでお受け致します」

「うむ」

「して、今年はどのように選考すれば」

「やり方は任せる――が、有能な者は片っ端から落とせ」

「落とす？　片っ端から……ですか？」

「ああ。隠れ蓑《みの》が必要なら、無能側から盛大に裏金を受け取っていい。それが余の命令だと今一筆書いてやる」

「……どうしてそのような事を？」

「もちろんただで落とせというわけではない」

「はっ」

オスカーは小さく頷いた。

そんな事は当然だ、と言わんばかりの表情をしている。

「有用な連中を落とした後、ヘンリーに諮《はか》って適材適所に配置しろ」

「……遠征に、ですか」

「そうだ」

俺ははっきり頷いた。

オスカーをまっすぐ見つめて、真顔で先を続けた。

「この親征がどうなるのか分からん、手駒《てごま》が多いに越したことはない」

「それなら、通常の選考をした上で、でもいいのではありませんか？」

「相手に悟られぬようにだ。ヘンリーにやらせないのもそうだ。兵務大臣のヘンリーが表立ってやれば勘ぐられる、だからお前だ。お前がやれば内政、という隠れ蓑になる」

「そうでしたか………」

オスカーは小さく頷く、思案顔に――熟考する顔になった。

俺はその思考を妨げないように、オスカーが自分から次の言葉を紡《つむ》ぐのを待った。

十数秒ほど考えたあと、オスカーは顔を上げて、俺をまっすぐ見つめてきた。

「では、私よりもダスティンの方が向いているのではないかと」

「第十か？」

俺は少し驚いて、オスカーを見た。

第十親王ダスティン。

俺の兄に当たる男で、表向きはただの――いやものすごい女好きで通っているが、ヘンリーともオスカーとも違うタイプの有能な男だと、俺は思っている。

「はい、私もそれなりに注目されている立場です。役付きの私よりも役のないダスティンの方がよろしいのでは？」

「ふむ」

「それにダスティンは女好きで知られている、カモフラージュにするというのなら彼の方が適任でしょう。ダスティンであれば、文字に残さないで、陛下が口頭でそれとなく言ってやれば理解しましょう」

「はは、評価が高いのだな」

俺がそう言うと、オスカーはため息をついた。

「時々もどかしく思います。能力があるのに、それを女遊びにしか使わないのは親王としていかがなものかと」

「ふむ」

俺は頷いた。

なるほど、オスカーは「そういう解釈」をしたか。

まあ、当然か。

俺を前に「帝位に興味が無い振りをしてる」なんて、オスカーの口からは言えないもんな。

たぶんオスカーも、本音のところでは俺と同じ評価をしてるんだろうなと、空気で感じ取る事ができた。

俺は更に考えた。

オスカーの提案について考えた。

シェリルの事もある。

ここはオスカーの提案通りダスティンに任せることにしよう。

真の目的――のために。

「分かった。その進言聞き入れよう。後でダスティンを呼んで言い聞かせる。お前は落とされた者達の受け入れをやれ」

「御意《ぎょい》」

オスカーが頭を下げた。

頭を下げる彼の姿を見た。

ここにオスカーを呼んだのは「つじつま合わせ」が第一目的だ。

オスカーも宮廷内に耳目がある。

この四阿《あずまや》でヘンリーと話した内容は伝わりようがないが、「そうした」という事実は伝わる。

ヘンリーだけそうすれば怪しまれたりうたがわれたりするものだが、オスカーにもやれば問題はなくなる。

つまりヘンリーもオスカーも呼んで、等しく何か機密の話をした。

俺の朝廷の中では、ヘンリーとオスカーの二人がいわば両腕だ。

どっちかだけに機密の話をしたんじゃ、もう片方に色々邪推《じゃすい》される。

普段はともかく、今はオスカーに「邪推」されては困る。

だから、つじつま合わせにオスカーも呼んだ。

これでオスカーに迷いが生じる。

極論の話だ。

オスカーが天寿《てんじゅ》を全《まっと》うするまで、叛意《はんい》を抱いたままでも構わない。

その叛意が何かの水位を超えて、行動に移さなければそれでいい。

迷いは手枷足枷になって、行動をためらわせる。

……極論、それで充分ではある。

「では、私はダスティンにこの話をもっていきます」

「ま、待ってください親王様――」

「いいからさがってろい。安心しろ、おめえらに罰はいかねえよ」

話がひとまずまとまったところで、遠くからもめ事の様な騒ぎが聞こえてきた。

騒ぎの方を見ると、宮殿の方から男が一人、宦官《かんがん》が数人、こっちに向かってきている。

男はそれなりの老齢だが、矍鑠《かくしゃく》したかんじで、足取りや身のこなしなどは若者にも引けを取らないようす。

むしろまわりに集まって必死に取りなそうとしている宦官達の方がひょろひょろしているイメージだ。

それが、池の畔《ほとり》をぐるっと回って、一本しかない架け橋に足を踏み入れ、こっちにやってきた。

「も、申し訳ございません陛下！　通報が遅くなってしまいーー」

宦官が橋の上でぱっと土下座した。

「よい、さがれ」

「「ははーー」」

俺が言うと、宦官達は平伏したまま、まるで動物の様に四つん這《ば》いのまま下がって、来た道を戻っていった。

残ったのは、身なりのいい老人。

いや、それ以上に圧倒的な存在感を放っている老人だ。

雷親王インドラ。

「雷」の称号を持つ上級親王で、俺の正妻、皇后《こうごう》オードリーの祖父その人だ。

インドラは親王らしからぬ、仕立てのいい服を着崩しながら、トレードマークの金ヒョウタンを持っている。

インドラは四阿に入ってくるなり、俺の横に座って、肩を叩《たた》いてきた。

「よう坊主《ぼうず》、元気だったか」

「なっ！」

それまで座っていたオスカーが目を剝《む》いて、いきり立った。

「インドラ様！　それはいくら何でも失礼ではありませんか」

「はははは、カッカしてると寿命縮むぜ？　なあボウズ」

「はは、そうですね」

「陛下！」

オスカーの矛先《ほこさき》がこっちにも向いてきた。

言いたいことは分かる。

普通に考えれば、帝国皇帝である俺にこんな事をすれば大不敬罪で打ち首になってもおかしくないものだ。

「よい」

「しかしっ」

「余がいいと言っている、それに大不敬罪は親告だ」

「……分かりました」

法の話をすると、オスカーは引き下がった。

俺が親王の時代から、法は守る、しかし法の枠内でなら適用に幅を持たせる。

そういう性質なのを知っているから、オスカーは引き下がらざるを得なかった。

「若いなあお前、もっと肩肘《かたひじ》張らずに生きたらどうだい、オイラのように」

「遠慮しておきます」

「それよりも雷親王、急に訪ねてきてどうした」

インドラとオスカーが——というよりオスカーが一方的に怒っているから、間に入ることにした。

このまま放《ほう》っておいたら話が盛大にこじれて大変な事になるって思ったからだ。

俺が割って入ると、インドラは陽気なままの表情で、しかし何かを思い出したかのようにポンと手を叩いた。

「おお、そうだそうだ。今日はな、ボウズにちょっと説教しに来たんだよ」

「説教?」

なんだろうか、と小首をかしげた。

視界の隅でオスカーの眉がちょっと跳ねたのが見えたから、俺が話の主導権を握って進めた方がいいと思った。

皇帝が話しているところに割って入ったらそれはそれで不敬罪になるからだ。

「何か至らないところがあったか」

「おお、あったとも。分からないか、だったら教えてやろう。お前な——後宮が少なすぎるんだよ」

「……ああ」

俺は小さく頷いた。

それはインドラにわざわざ言われなくても、俺自身普通に気づいていることだ。

「それは分かるが、何故《なぜ》雷親王がそれを？」

「オードリーは皇后、国母だ」

「ふむ」

「ボウズが治めるのは天下、帝国だ。それと同じで、皇后も後宮を治めて国母として振る舞わにゃならん」

「オードリーも似たような事を言っていたな」

「そうだ。ボウズよ、あまりにも後宮が少ねえと、オードリーが後世にどう言われると思う？」

「……はて」

「嫉妬《しっと》深い女とか悪女だとか書かれるんだ」

「そうなりますかね」

俺は苦笑いした。

「そういうもんだ。人の口に戸は立てられねえ。歴史書も同じよ」

「なるほど」

「オイラの孫娘をそんな風に書かせるわけにいかねえだろ？　んん？」

話が分かった。

インドラは孫娘のオードリーのために苦情を言いに来たわけだ。

雷親王インドラは自由奔放、豪放磊落《ごうほうらいらく》で知られている男だが、孫娘が可愛《かわい》いという点では世の男とさほど変わりは無いということか。

「話は分かったが……しかしな、それは考えすぎではないのか」

「いいえ陛下、その話、雷親王殿下が正しいです」

「ほう？」

ちょっと驚いて、オスカーの方を見る。

さっきまで目から火花を噴き出しかねないほどの勢いだったオスカーだが、一変してインドラの言い分を支持していた。

「わが帝国ではエリザベス、アンジェラ。前の帝国ではジュリーなどがそれに当たります」

「……ああ、いずれも悪女、悪后とされている者達だな」

「はい、それらに共通する点は嫉妬深く、後宮の大粛清《だいしゅくせい》を行ったというところです」

「オードリーもそう書かれかねないって事か」

俺が言い、オスカーははっきりと頷いた。

「跡継ぎの事もある、体面もある。陛下にはもう少し、後宮を充実していただきたい」

「後宮の充実、か」

「平たく言えば、その辺りをもっと皇帝らしく振る舞っていただきたい。これは内府を兼任する者からの進言でもあります」

「ふむ……」

「それによ」

オスカーの言葉が一段落すると、今度はインドラが続いた。

さっきからインドラ、オスカー、インドラの順で、二人はまるで長年の相棒かのような、息の合ったコンビネーションで俺を責め立ててきた。

「例えばよ、十年くらい前に坊主達のオヤジが急に女を遠ざけたら、まわりはどう思う」

「父上が？」

俺は眉をひそめ、考えた。

父上の女好きは有名だ。

妃《きさき》は俺の数十倍いて、子供も男子が十数人、女子が数十人といる。

譲位して上皇になった今も、変わらず妃達を側《そば》に侍《はべ》らせている。

その父上が急に女を遠ざけたら……？

「健康、か」

俺がそう言い、インドラもオスカーもはっきりと頷いた。

「そう、皇帝の体がよくない。だから女色を遠ざけるようになった。そう考えるだろうな、外野は」

「ふむ……」

「そうなれば、奇貨居《きかお》くべしとまわりの蛮族《ばんぞく》達が一斉に騒ぎ出すことでしょう」

「そう。皇帝が女好きかどうか、女を抱けるかどうかも、外部に見られるバロメーターの一つだ」

「そうか……」

俺は小さく頷いた。

皇帝という立場なら……と。

考えさせられる事が色々あった。

☆

四阿の中に俺とインドラが残った。

オスカーはダスティンの所に行く、と言って辞《じ》して去っていった。

俺とインドラはそんなオスカーの後ろ姿を眺めて、見送った。

「あいつ、あんなに怒りっぽいやつだっけ」

「え?」

「もうちょっと穏やかな子だって思っていたが」

インドラはそう言い、不思議そうに首をかしげていた。

「たぶんだが、それは皇帝の話だから、だと思う」

「ふむ？」

インドラはこっちを見た。

俺はオスカーの去っていった方を——更にその先を見るかのように遠い目になった。

「今ピンと来て、今まで上手《うま》くまとまらなかったものが言葉にまとまった」

「ほうほう」

「オスカーからすれば、皇帝、は絶対的なものじゃないといけないんだ」

それに憧《あこが》れているからな、とは、あえて口に出さないようにした。

「皇帝」を絶対視しているから、親王《インドラ》が皇帝《俺》になれなれしい口をきくのも許せないし、皇帝《俺》が後宮をしっかりさせないのも許せない。

だからインドラに怒ったあと、インドラの言い分に同調した。

その事を言うと、インドラは「ああ」と納得した。

「すごいなボウズ、そこを見抜いているのか」

「……」

俺は微苦笑した。

そういう感想が出てくるって事は、インドラはもっと前に理解してるって事だろう。

なんとなくインドラにちょっと試されたような気がした。

「照れるなボウズ、本心だ」

「え？」

「あの手の、一見矛盾《むじゅん》してる行動をするやつの、一貫している本心を見抜けるやつは少ねえ。すごいぜ、本当に」

「はは」

最近はオスカーの事ばっかり考えてるだけだからなんだが、まあそれはそれでいい。

「それよりも――」

雷親王の表情は一変した。

「お前が後宮を広げない本当に理由は分かる」

「……っ」

心臓が、一際《ひときわ》大きく跳ねた。

「……何の事だ」

「はは、いいぞ、そうこなくっちゃ」

インドラは上機嫌な笑顔で、俺《おれ》の肩を叩《たた》いた。

「ちょっとカマをかけられた程度でボロを出してたんじゃ皇帝なんて務まらねえよな」

「……」

俺は微苦笑した。

インドラのあけすけな物言いはいやではないが、直前にピンポイントに撃ち抜いてきただけに、今はちょっとキツかった。

「あいつもな、あんなにガキをこさえてなきゃ問題もなかったんだろうが」

「……ふう」

この一言で、インドラの言葉がまったくのカマカケじゃないって分かって、俺は白旗の意味合いも込めて、小さくため息をついた。

それを見てインドラはニコッと笑った。

「そう思うだろ?」

「……余からは、なんとも」

「父親の悪口は聞きたくねえか？　でも俺はあいつの叔父《おじ》だから、説教くらいはいいだろ」

「……」

俺はますます苦笑いした。

やっぱりあけすけすぎるインドラ。

ここに誰《だれ》かがいたら――オスカーのような人間がいたら、また激怒しているところだ。

ん？　オスカーがいたら？

頭の中で何かが引っかかった。

が、それを熟考する暇《ひま》を、インドラは与えてくれなかった。

インドラは更に続けた。

「アルバート、それにギルバート。この二人のおイタはもちろんあいつが居座りすぎたのが主因だろうが、子供が多すぎて、弟達の中で自分達よりも有能なのが多すぎたのも原因だ。そうだろ？」

「……そうかもしれない」

「アルバート、ギルバート、ヘンリー、オスカー――そしてボウズ。後世じゃ『五王奪嫡』とか書かれていそうだな」

「あまり嬉《うれ》しくない書かれ方だ」

「その玉座を巡る争いが今でも続いている。ボウズが即位してからもだ。それでボウズが子供の数を減らそうって思うのも無理はねえ。当事者だしな」

俺はまたため息をついた。

ここまで深く「えぐってくる」のはここしばらく無かった事だから、自然とため息も増えてしまう。

「余は先帝に遠くおよばない。その先帝でさえ御せなかったお家騒動、起きる前に抑制できるのならそれに越したことはない」

「理由は分かる、とがめもしねえ」

「そうなのか？」

「オイラはただ、オードリーの事を上手《うま》くやってくれりゃそれでいい」

「分かった。約束しよう」

俺が言うと、インドラは満足したように、上機嫌に肩をパンパン叩いてきた。

「それでこそ男だ。ボウズが『善処する』とか吐《ぬ》かしてきたらどついてやるところだ」

「一応皇帝なんですけどね」

「がはは、お前のオヤジのケツを蹴《け》っ飛《と》ばしてやったこともあるんだ、今更だろ」

「今更ですね」

俺は少し困ったが、インドラと笑い合った。

正直、インドラのような性格の人間はありがたい。

皇帝というのは孤独だ。

父上もそう言ってたし、俺も徐々にそれを感じつつある。

まわりの人間は気を使うか「らしさ」を求めてくるかのどっちかで、正直気がつまることは少なくない。

だから、インドラのような肩書きをまったく気にしない相手はすごく貴重だ。

「なあボウズよ、男同士の話しようぜ」

「男同士の?」

俺は首をかしげた。

今更なんだ、って不思議がった。

「ボウズが子供を増やさねえ理由は分かる、政治的な配慮だ。納得もする。オイラもボウズの立場ならそうするかもしれねえからな」

そこで言葉を一旦《いったん》区切って、一転、まったく違う事を言い出した。

「だがよ、ボウズも男だろ。女抱いてなさ過ぎなんじゃねえのか?」

「はあ……そうでしょうか」

曖昧《あいまい》に返事をする俺。

さっきからところどころ曖昧だが、いよいよ完全に口調が崩れ、インドラと出会った頃《ころ》の賢親王《こども》の頃に戻ってしまっていた。

「少ねえよ。じゃあ聞くが、ボウズはこれまでに何人の女を抱いた」

「それは……」

「三人だろ?」

「何故それを――ああいや、分かるんでしたね」

聞き返そう――と思ったが途中でやめた。

皇帝の夜の事情は全《すべ》て記録されている。

いつどこで誰を抱いたのか、全て宦官《かんがん》を通して内務省が記録している。

皇帝は孤独なのとともに、私事――プライバシーというものがまったくない。

もちろんそれは庶民には公開されない機密ではあるが、皇后《こうごう》の祖父かつ「雷」の称号を持つ親王ともなれば簡単にその情報を入手できる。

「ボウズのオヤジもおいらも、というかボウズの兄弟全てがそれなりに女を抱いてる。ボウズよりかはな。歴史を辿《たど》ってもボウズのはびっくりするくらい少ねえ」

「……」

「ボウズ、『真実の愛』って知ってるか？」

「え？」

いきなりの話題転換にちょっと驚いた。

さっきから二転三転どころではない話題の変わりっぷりだ。

俺は少し考えて、二つある心当たりのうち、正解っぽい方で答えた。

「真実の愛……『貴賤《きせん》愛』の方ですか」

「おうそっちだ。王侯貴族と庶民の『真実の愛』は別もんだ。貴族にとって結婚は義務、自分で決められるものじゃねえ。お前、オードリーの時は名前とかまったく聞かなかったんだって聞かされた時は、なんだなんだ？　すごい少年がいたもんだ、って思ったよ」

「義務ですからね」

「ぶっちゃけ、お前が男色趣味だったとしても、オードリーとは結婚して、子供は作った。そうだろ？」

「それが貴族の義務ですからね」

俺は躊躇《ちゅうちょ》なく答えた。

そう、それが貴族の義務だ。

貴族は家同士を結びつけるための、あるいは政治のための結婚をして、子供を作らなければならない。

インドラの言うとおり、俺がたとえ男色趣味だろうが、オードリーの事は義務で抱いて、子供を作らなきゃいけない。

親王でもそうだし、皇帝ならなおさらの事だ。

だから、貴族の「結婚」には愛はないとされていて、「真実の愛」は結婚とは違う、身分差の間柄にしかないとされている。

戯曲じゃ定番中の定番で、妻や夫、正式な伴侶《はんりょ》の方がむしろ「真実の愛」の邪魔者扱いをされている。

「だからオイラはよ、オードリーの事は割り切ってて、よそで愛人とか作るボウズなんかって思ったが、その兆候もまったくないときたもんだ」

「はあ」

「なあ、ボウズはそういうのに興味はねえのか」

「なくはないですが……」

俺はどう答えるべきなのかを困った。

俺も男だ、そういうものがないとは口が裂けても言えない。

肉体的にも今が真っ盛りで、体感じゃ前世よりも強いだろうと感じている。

だから口が裂けても、興味は無いとは言えない。

言えない――のだが。

「先帝から受け継いだ皇帝の責務を果たす事が先だと考えてます」

「珍しい考え方だ」

「そうですか？」

「女だけじゃねえ、ボウズには私欲はねえのか」

「私欲」

「おう」

またちょっと話が変わった。

「そりゃありますよ」

「例えば？」

「例えば……例えば……」

ちょっとどう答えるべきか分からなかった。

自分の私欲は、と考えた時にちょっと思いつかなかったからだ。

「ほらみろ、ないだろ」

「無くはないんですけどね」

俺は二重の意味で微苦笑した。

ないって決めつけられた事と、とっさに答えられなかった自分に。

その二つに苦笑いした。

そんな俺に向かって、インドラはポン、と手を叩いてにやりと笑う。

「よしっ、ならこうしよう」

「え？」

「ボウズが凱旋《がいせん》したら、オイラが遊び方を教えてやる」

「遊び方？」

「そうだ、貴族の遊び方ってやつだ」

「なんか怖いですね」

まったく想像もつかなかった。

インドラの言うことはまったくの的外れでは無かった。

貴族の遊び方なんて、想像してみたが分からなかった。

貴族の義務ならいくらでも答えられるんだが……。

俺は少し考えて、頷《うなず》いた。

「……分かった」

これも今後に役立つ事なのかもしれない。

俺が知らない「貴族の遊び方」がもし本当にあるのだとすれば、それを知っておくのは悪くないことだ。

……。

「代わりといってはなんだが」

「ふむ?」

なんだなんだ? って顔でインドラが俺を見た。

「余の義弟がそろそろ初陣の歳《とし》だったと記憶している」

「義弟? ……ああ、イーサンか? たしかにぼちぼちだな」

「それをアデントしよう、盛大にな」

俺がそう言うと、インドラが目を見開いて驚いた。

帝国の皇族は、十歳を過ぎたらどこかのタイミングで初陣をこなす事を義務づけられている。

今や完全に人間の管理下にあり、「養殖」されたモンスターの巣で戦ってくるのだ。

それをしっかり勤め上げる事で、一人前の男として認められる。

オードリーの実弟、俺にとっては義弟になるイーサン少年がそれくらいの年齢で、まだ初陣をこなしていない。

普段なら、インドラのような傍系の親王の家の事を、皇帝がわざわざ気にするような事じゃないが、オードリーの実弟だという事で記憶の片隅に残っていた。

それを持ちだして、インドラに提案した。

「ボウズがセッティングしてくれるのかい」

「ああ、盛大に。一――いや二千人くらいだせそうか?」

「…………はは」

しばらく俺を見つめたあと、インドラは噴きだした。

そして、また頬《ほお》を叩いてくる。

とても楽しげに叩いてきた。

「すごいなボウズ、そうやってオイラも使うつもりかい」

「余はまだ何も言ってない」

「いつの間にか皇帝に戻ってやがる」

インドラはますます楽しげに笑った。

「もとから皇帝だ」

「そうだったな」

「とはいえ人間でもある。祖父が孫の初陣を近くで見守りたい気持ちなら、人情的にも叶《かな》えなければなと思っている」

「はは、いいぜ。オイラが直々《じきじき》に三千くらい率いて見守ってやる」

「……」

俺はインドラを見つめ、軽くあごを引いた。

初陣は大抵、帝都の近くで行うもの。

インドラが「見守る」と言うのなら、それも当然帝都の近くにいる。

そしてインドラは「三千人」率いてくると言った。

つまり――。

俺がいない間、俺に味方してくれる兵士三千を、帝都の近くに伏せておくことができるということだ。

それは有難《ありがた》い。

今は少しでも兵力が欲しい。

本来なら、皇帝が親征してもこんなことを思い悩む必要はない。

先帝――父上も何度も親征をしたが、記録に残っている限り俺がしたような事はまったくしてなかった。

名君だった父上はどうしたのか、それが知りたくて、参考にしたくて色々調べたがほとんど何も出てこなかったことに肩透かしを食らった。

色々考えたが、すぐに分かった。

父上には「政敵」がいなかったからだ。

三男として生まれた父上だが、他の兄弟はほとんどが夭折《ようせつ》した。

次男――つまり父上の兄に当たる人物がいたが、病弱で、父上が即位したときにはもう病気で片目が失明している。

つまり帝位を争える人間がいなかったということだ。

それに対して、父上の子供、男子で夭折しなかっただけでも十人を超す。

全員が五体満足だ。

更に、これが一番大きな理由だが。

人間は、良くも悪くも前例主義だ。

前例がなければ思いつきもしないが、あると一気に選択に上がってしまう。

この十数年だけで、二回も帝位簒奪《さんだつ》の動きがあった。

かつての第一親王ギルバートと、皇太子・第二親王のアルバートだ。

どれもなるべく秘密裏にと処理されたが、知っている者は知っている。

それが帝位に近しい人間――親王ならなおさら全て知っている。

つまりこの時代だと、帝位簒奪が選択肢の一つとして挙がってしまうということだ。

結果、俺は父上とは違って、親征時に謀反・簒奪の事を気に掛けねばならなくなった。

だから今は、少しでも良いから兵力が欲しい。

味方になる兵力が。

俺はインドラを見た。

破天荒で、磊落不羈《らいらくふき》で評判の雷親王。

この雷親王は俺の事を気に入ってくれている。

そのうえ縁戚だ。

インドラの孫娘は俺の正室、皇后オードリーだ。

理屈でも、感情でも。

インドラはこっちの味方だと思って問題ない相手だろう。

俺は小さく頷いて、インドラを改めてまっすぐ見つめた。

「頼まれてくれるか」

「いいのか？」

「む？」

俺はきょとんとなった。

インドラが聞き返してきた事が予想外だったからだ。

話がここまで進んで、今更「いいのか？」って聞き返してくるなんて思っていなかった。

「どういう意味だ？」

「オイラは構わねえが、それは『刺激的すぎ』やしねえか」

「……メッセージは十二分に伝わるはずだ」

俺は四阿《あずまや》の外、空を見上げた。

インドラの言いたいことは分かった。

念押しの確認、というわけだ。

インドラは破天荒な親王として知られている、そのせいで毀誉褒貶《きよほうへん》の激しい人物だ。

だが間違いなく、インドラは有能な人間だ。そうでなければ「雷」の一字を皇帝から賜ることはあり得ない。

今回の事、俺とオスカーの間の事は完全に把握していると見ていいようだ。

「なだめた、摂政王にもしてやった。メッセージは充分に伝わっているはずだ。そのままでいてくれるのなら重用する、でなければありとあらゆる準備が動く。って」

「それで思いとどまっても、不満かかえたままになるんじゃあねえのか」

インドラがそう言い、俺はインドラの方を見た。

「法とは、行動を規制し罰するものだ」

「んん？　なんの話だ急に」

「思っているだけでは法に触れる事はない。極論、誰かが心の中で皇帝たる余を八つ裂きにしたいと思おうが、行動――いや、言葉や態度に出さなければそれは罪にならない」

「ほう」

「オスカーにしてもそうだ。思いとどまってくれれば、心の中でどう思おうが問題じゃない」

一呼吸空けて、俺は更に続ける。

「今までの事で二つ分かったことがある」

「なんだ?」

「オスカーは内務省にはなくてはならない人材なのと、帝位を狙《ねら》っていても帝国のためにならしっかりその能力を発揮して働くということだ」

「毒だろうと、死なない程度なら飲んでやる、ってわけかい」

俺は小さく頷いた。

インドラのたとえはそこそこ的確だ。

今のオスカーは確かに「毒」だ。

だけど、その毒はごちそうの中に混ざっていて、分けることができない。

だったら……覚悟して飲むしかない。

「すごいなボウズ……そこまで達観してるのか」

俺はふっと笑った。

「もちろん毒がない方がいいに決まっているがな」

「だったら飲まなきゃいい」

「でもオスカーは帝国にはいる人材だ」

「その点じゃ、お前とあのボウズは考え方が一致してるのか」

インドラに言われて、俺はちょっと驚いたが、すぐに納得して受け入れた。

確かにそうだ。

帝国のため、というくくり方なら、俺とオスカーは向いている方向が一致している。

だから、もし——。

「最初からオスカーに帝位がいってれば、問題はなかったはずだ。余が譲位できないのは、父上の

『見る目』を守りたいって思っているからだ」

いつだったか、父上と話していた事を思い出した。

名君と呼ばれた皇帝でも、十人中九人は晩節を汚している、と父上は話した。

俺に譲位したことが間違いだった事にならないためにも、オスカーに譲位をするわけにはいかない、反乱を起こさせるわけにもいかない。

綱渡りのような日々が、まだまだ続きそうだ。

そう思いながら、もしも、の話をしたんだが。

「はは、そりゃどうだろうな」

「え？」

「オスカーに帝位がいってれば、今度はヘンリーが異心を起こしてるだろうよ」

「……」

俺は、言い返すことができなかった。

「まあ、たられぱの話をしても始まらねえ」

インドラはパンパンと俺の肩を叩いて、すっくと立ち上がった。

「こっちのことは任せろ」

「頼んだ」

インドラはにやりと笑って、身を翻して立ち去った。

橋を渡っていく最中に背中を向けたまま手をヒラヒラ振るその後ろ姿は、さすがの頼もしさを感じさせてくれた。

「……」

インドラの後ろ姿を見て、俺は少し考えた。

さっき、話の最中で覚えた引っかかりをだ。

インドラとの会話の最中だったから後回しにしたが、それを改めて考えた。

「……譲れないもの、か」

オスカーの事だ。

彼は何においても、皇帝は絶対的なものでなくてはならない、と考えている節がある。

「そうなると矛盾する」

俺は冷めた茶に口をつけながら独りごちた。

ホントに皇帝が絶対的なものだと考えていたら、帝位の簒奪という発想が出るのはおかしい。

――とはならないのが、人間の人間たるゆえんだろう。

人間というのは、自分がどれだけこだわっていて、譲れないものだとしても、大なり小なり「例外」があるものだ。

徹頭徹尾原理原則を遵守《じゅんしゅ》できる人間なんて人間らしくない。

だから俺は更に考えた。

オスカーにとって、原則「皇帝が絶対」なのは間違いない。

問題はそこに、どこまでの「例外」が認められるかだ。

「……第一宰相を呼べ」
俺は宦官を呼んで、そう伝えた。

名前：ノア・アララート
帝国皇帝
性別：男
レベル：17＋1／∞
ＨＰ　Ｃ＋Ｂ　火　Ｅ＋Ｓ＋Ｓ
ＭＰ　Ｄ＋Ｃ　水　Ｃ＋ＳＳＳ
力　Ｃ＋Ｓ　風　Ｅ＋Ｃ
体力　Ｄ＋Ｃ　地　Ｅ＋Ｃ
知性　Ｄ＋Ａ　光　Ｅ＋Ｂ
精神　Ｅ＋Ｂ　闇《やみ》　Ｅ＋Ｂ
速さ　Ｅ＋Ｂ
器用　Ｅ＋Ｂ
運　Ｄ＋Ｃ

視界の隅に、自分のステータスがうつっていた。

120 歴史を学ぶ皇帝

夜。

第一宰相ジャンとの話が終わった後、俺《おれ》は執務室に第四宰相ドンを呼びつけた。

インドラの孫に初陣をさせるための準備をする様にと、ドンに言いつけた。

話の一部始終を聞いたドンは目を輝かせた。

「すごいです陛下、雷親王殿下の来訪をとっさにそのように利用できるとは」

「どうだろうな」

「え?」

驚くドン。

目を見開き、驚愕《きょうがく》した表情で俺を見つめる。

「それはどういう意味でしょうか?」

「雷親王は元々そのために来た、そう思えてならない」

「そのために?」

「考えてもみろ、なぜ雷親王が今このタイミングで余の元に来たのかを」

「それは……皇后《こうごう》陛下のために――」

NOBLE REINCARNATION

「確かに、インドラならそうしてもおかしくはない。普段は政治に興味はなく、封地に君臨して人生を面白《おもしろ》おかしく謳歌《おうか》している。だから皇帝たる余にも気後《きおく》れすることなく、孫娘の事で苦情を言いに来た。……キャラクター的にはあっている」

「はあ……」

「だがな、あれは雷親王だ」

「え？」

「『雷』――称号持ちの親王だ。あの態度が全《まった》くの嘘《うそ》とまでは言わないが、何かを演じていると余は考えている」

「たしかに……破天荒に見えて、封地の統治は今までほとんど問題が起きたことはない」

「それどころか、よくよく調べれば理路整然と、どの親王よりも上手《うま》く統治している」

「……」

ドンは重々しく頷《うなず》いた。

俺はフッと微笑《ほほえ》んだ。

元々そんなに難しい話じゃない。

インドラのような人間は、本当に無能か、有能なのに三味線を弾《はじ》いてばかりのどっちかだ。

そして俺には、インドラが無能には到底見えない。

であれば答えはおのずときまってくる。

インドラがオードリーの話だけのために来るとは思えない。

少なくとも――いまこのタイミングで。

「それで来たのだ。余はそれに乗っかっただけだよ」

「さすが陛下でございます」

ドンは深々と頭を下げた。

「ん？」

「前触れもなく訪れた雷親王の思惑を一瞬で読み取り、最善の形でそれに合わせるとは」

「それよりも準備を頼む――思惑を理解した上でな」

「はっ」

ドンは頭を下げて、退出した。

執務室に俺一人残った。

ドンを送り出したあと、年かさの宦官《かんがん》が入ってきた。

「陛下、今夜はいかがなさいますか？」

「ん？　ああ、今夜も無しだ」

「御意《ぎょい》」

一瞬なんの事なのかと理解できなかった、すぐに「夜の相手は誰《だれ》にする？」という質問だと理解した。

皇帝の夜の相手は公文書でしっかり記録されるから、基本の形はこうして、宦官が希望を聞いてそれでセッティングをする。

かつて、皇帝の後宮を娼館《しょうかん》と変わらないと揶揄《やゆ》した文人がいたが――さもありなんと皇帝になって改めて思った。

もちろん今はそんな気分じゃないから断った。

俺はそのまま立ち上がった。

執務室を出ると、さっきの宦官が横から聞いてきた。

「どちらへ」

「書庫へ行く。誰か来たらそっちに通せ」

「御意」

宦官をその場に置いて、歩きだした。

すぐに別の、幼《おさな》い宦官が後をついてきた。

管理職にいる年かさの宦官と違って、若い宦官は使いぱしり・御用聞きという形でついてきた。

そんな若い宦官を引き連れて、俺は誰もいない廊下を通って、目的の書物庫に向かう。

皇帝が歩く時、廊下は基本誰もいないものだ。

理屈では、「皇帝の道を邪魔するなんてとんでもない」という事から、皇帝が移動するときは通達が徹底してて、誰もばったり会わない様に顔を出さないようにしている。

が、実際の所は少し違う。

もっと言えば「最初は違う理由で始まった」が正しい。

ちらっと後ろをついてきた幼い宦官を見た。

顔に覚えがあった。

「誰かと思えば、ルークか」

「は、はい！　ルークです」

「うむ」

俺は小さく頷いた。

妹の薬代のために宦官になったあの幼い少年だ。

「妹の話はどうなった、典医はもう行ったか？」

「は、はい！　あの後話したらすぐに行ってくれました」

「ふむ、で、どうだ」

「……」

ルークはボロボロと大粒の涙を流した。

「むっ」

俺の脳裏《のうり》に最悪の想像がよぎった。

よくあるパターンの一つで、もはや救う手立てのない病だが、それでも医者は金だけでもだまし取ろうと、希望だけ持たせて治療費や薬代を延々《えんえん》とせしめるというパターンが。

もしやそれか――と思ったが。

「どうだったんだ」

「た、助かるって」

「……ほう？」

「妹が助かるって、お医者さん言ってました。それも、絶対助かるって」

「ははは、そうか」

俺は天井《てんじょう》を仰《あお》いで大笑いした。

助かるのなら何も問題ない。

向かわせたのは典医、そして行かせたのは俺だ。

つまり皇帝の勅命、典医側からすれば、助けられなければ首が落ちるかもしれないという考えになる。

多少の難病でも全身全霊をこめて治療してくれるだろうし、それなりの病気ならもう安心だろう。

妹のために去勢されたのは取り返しがつかないが、少なくとも妹は助かる。

それなりの良い結末に俺は気分をよくした。

ふと、ルークが気になった。

少年宦官の、その幼さが少し気になった。

「ルーク」

「は、はい」

ルークは涙を拭《ぬぐ》って、慌てて返事をした。

「お前、誰かから袖《そで》の下《した》もらったことは？」

「えっ！」

歩いたまま、もう一度ちらっと背後を見た。

ルークは驚き過ぎて、足を止めて、瞠目《どうもく》して口もぽかーんと開け放たれている。

俺はちょっとからかい交じりに続けた。

「なんだ、もらったことはあるのか」

「あ、ありません！　そ、そんなことは、絶対！」

「本当か？」

「本当です！」

ルークは慌てて走り出して、俺に近づいてきた。

そのままがばっ！　という勢いで平伏して、顔だけ上げて目線で強く訴えかけてくる。

「お、おえらい人とは全然会う機会がないですから！」

「偉ぶってる連中じゃなくてもあるだろ？」

「え？」

「ほら、女官《にょかん》とかからそういう話はないのか？」

「え？　ど、どういうこと……ですか？」

戸惑うルーク。

最初に「袖の下」という言葉を聞いたときは青ざめるくらいの勢いで反発した。

次に「女官」と聞いて、ぽかーんとして不思議がった。

前の方は意味が理解できてて、後ろの方はできてないって事だろう。

これなら本当にないのかもしれないな、と思った。

クスッと笑いながら、更にルークに聞く。

「女官から袖の下をもらって、余がいそうな場所と時間を流してくれ、っていう話はなかったのかという意味だ」

「ないです――あっ」

「どうした」

「あれって……こういうことなのかな」

「あれ？」

「はい、お姉さんにそれを聞いてた女官の人ならいました。お金をもらってるのかは分かりませんけど」

「なるほど。それはもらってるな」

「は、はあ……」

生返事をするルーク。

自分とは無関係な事で、怯《おび》えも焦《あせ》りもなくなったが戸惑いは残ったようだ。

ちなみに宦官の多くは、去勢された事も相まって、宦官同士では「兄弟」ではなく「姉妹《しまい》」呼びしている。

これも「後宮の男は皇帝ただ一人」という発想からそうなったものだ。

「そういうことだったんですか……」

「よくある事だ。余に見初められて寵愛《ちょうあい》を受ければ、下働きの女官から一気に妃《きさき》に駆け上がるからな。そのために余の動向を摑《つか》んでおくのは重要だ。金になるぞぉ？　余の動きは」

「は、はあ……」

「お前もそういう話が来たらもらっておけ」

「……ええええええ⁉」

悲鳴のような、素《す》っ頓狂《とんきょう》な声を張り上げてしまうルーク。

「そ、そんな。できません」

「早とちりするな、もらっておけ。向こうが欲しい情報も分かってるだけ教えていい」

「でも……」

「その代わり」

俺はぴしゃり、とルークの言葉を遮《さえぎ》った。

ルークも俺の語気の変化に気づいて、「うっ」って言葉をつまらせた。

「誰からもらったのか、なんて答えたのか。それをちゃんと覚えて、余に報告しろ」

「え？　あっ……わ、分かりました」

「ん」

ルークの返事に俺は満足して、小さく頷いた。

やっぱりこの幼げな少年は賢《かしこ》い子だ。

俺の言葉からこれは一種の勅命――命令通りに動くものだと理解して、すぐに受け入れた。

それに、考え方が柔軟でもある。

これがバカだったり、頭が固かったりしたら延々とデモデモダッテをしていたところだろうな。

耳目は多いほどいいし、インドラが建前《たてまえ》として持ってきたオードリーの件も理屈としては正しいから、そのためにも女官達の動きは把握しておいた方がいいと思った。

話がついたから、再び歩きだした。

慌てて立ち上がったルークを引き連れるようにして、書庫までやってきた。

「そこで待っていろ」

「は、はい」

ルークをそこに置いて、書庫の中に入る。

数千冊の本がひしめく中、通い慣れたコーナーに向かう。

そこは、歴史を記した書物が収蔵されている一角だった。

「確か……パーウォー帝国に近い話があったかな」

独りごちながら、約五百年くらい前に地上に覇を唱えた、パーウォー帝国の歴史が記された本を抜き取って、パラパラめくる。

文字の一つ一つを、記されているエピソードの一つ一つを丁寧《ていねい》に拾っていく。

この頃《ころ》の人間はまだモンスターを制してはいなかった。

本の中で少なくない分量が、人間とモンスターの戦いを書き留めている。

「陛下」

「ん」

顔を上げる。

そこにオードリーが立っていた。

俺の正室、帝国の国母。

皇后であるオードリーが、楚々《そそ》としたたたずまいで現われた。

「オードリーか、どうした」

「執務室に人を向かわせたのですが、陛下がお一人でここにいると聞きましたので」

「そうか。表に宦官がいたはずだが？」

「黙らせました」

「そうか」

俺はクスッと笑った。

オードリーは良くできた皇后だ。

彼女は一度たりとも、執務室に足を踏み入れたことはない。

歴史上、後宮が政治に介入したことは枚挙に暇《いとま》がない。

そしてそれは幼君ならともかく、成人した皇帝の場合ろくな結果にならない。

そうならないために――なのかどうかは定かではないが、オードリーはとにかく政の場、その代表となる執務室には足を踏み入れない。

今も、そこに使いの者をやったが、俺が一人で書庫という、政とは直接関係のない所にいると知ってからやってきたようだ。

ちなみにさらりと「黙らせた」というのもいい。

宦官を一言「黙らせた」と言えるくらいには、皇后の威厳がついてきたように思える。

「何を読まれているのですか？」

オードリーはそう聞きながら、俺の方に向かってきた。

そして俺の横に立ち、開いている歴史書をのぞき込む。

「パーウォー帝国後期の歴史だ」

「パーウォー帝国……ですか？」

「五百年くらい前に、今の帝国の三分の二ほどの版図を持った帝国だ」

「なぜそのようなものを？」

純粋に不思議がるオードリーに、俺はフッと微笑みながら答えた。

「歴史というのは繰り返されるものだ。数百年――いや、千年前から人間の本質は変わっていなくて、同じことを繰り返しているだけだからな」

「そういうものなのでしょうか？」

「例えばだ」

俺は更に笑いながら、言う。

「宦官に小銭を握らせて、皇帝の動向を探らせようとする女官。そんなのは今も過去もそして未来も――」

「確かに、未来永劫《みらいえいごう》わたって繰り返されますわね」

オードリーはクスッと微笑んだ。

例えばイジメとか、人間が行うことを「根絶すべき」と鼻息を荒くさせる連中はいるが、そういう環境や時代によらず、人間がただする事を根絶などできはしない。

権力争いのために金銭が飛びかうこともまた、根絶する事が不可能なことだ。

それをオードリーはしっかりと、正しく認識しているようだ。

「だから余は歴史から学ぶ。過去の自分の経験などでは人生一人分しかないが、歴史には無数に存在しているからありとあらゆる事を学べる。本当の意味での前代未聞などないのだからな」

「……やはり陛下はおすごい」

オードリーはしっとりとつぶやき、俺にしなだれかかってきた。

心からの賛辞は、聞き慣れていたとしてもその都度気分がよくなるものだ。

121 かつて撒いた種

「パーウォー帝国の歴史から、何か分かった事はありましたか？」

「ああ」

俺《おれ》ははっきりと頷《うなず》いた。

同時にオードリーの肩に手を回し、頭をポンポンと撫《な》でてやった。

「直接何かに繋《つな》がるわけではない、徒労《とろう》に終わる可能性もある。が、オードリーには一つやってほしい事がある」

「はい。何なりとお申し付け下さい、陛下」

オードリーはすっと身を引いた。

俺の腕の中から離れて、真っ正面に立って、俺をまっすぐ見つめてきた。

さっきまで纏《まと》っていた空気が一瞬で変わった。

この切り替えの速さはさすがだと思った。

「明日からでいい、余がまだ帝都にいる間でいい。オスカーの正室を含む、親王や重臣達の正室、側室などを集めた茶会を開いてほしい」

「……何を聞き出せばよろしいのでしょうか」

NOBLE REINCARNATION

オードリーは賢《かしこ》い女だった。

この話で瞬時に、ただの遊びではないという事が分かった。

「もちろん一番なのは寝物語だが」

「そうですわよね」

オードリーははっきりと頷いた。

寝物語というのは、男と女の閨《ねや》の中でのやり取りだ。

「不思議な事だが、どういうわけか昔も今も、大半の男は体を重ねた女にベラベラと色々喋《しゃべ》りたがるものだ」

「きっと、女にいいところを見せたいのですわ」

「なるほどな」

俺は小さく頷いた。

そういう要素もあるだろうなと思った。

「でしたら、オスカーの正室だけを相手にすればいいのではありませんか?」

「もしも何かをやろうとしたら」

俺は真顔で言った。

「オスカー一人じゃどうしようもない、重臣をかなり巻き込まなきゃならないはずだ」

「……確かに」

「それに、下準備の段階なら。『第八親王が最近よくうちの人を訪ねてくるんですよ』と、警戒心が薄くぼろっと漏《も》らしそうだとも思う。動くと決まったわけじゃないのなら口止めもできないからな」

「確かに。それをするとかえって怪しくなります」

「そういうことだ」

「さすが陛下ですわ。分かりました、そこはお任せ下さい」

「やれそうか?」

「女同士のお喋りならどうとでも。時々は陛下をダシにさせてもらうかもしれませんが――」

「あははは、問題ない、存分にこき下ろせ」

俺は天を仰ぎ、大笑いした。

女同士の話だ、その内容はおおよそ想像がつく。

皇帝だろうと親王だろうと、それはそんなに変わらないのかもしれないな。

俺を知らないところでこき下ろすだけで情報なりが手に入るのなら安いもんだ。

「頼んだぞ、オードリー」

「はい……」

オードリーは穏やかに微笑《ほほえ》んで、再び纏う空気を一変させて、また俺の腕の中にそっと体を寄せてきたのだった。

☆

次の日、アリーチェの店。

親征を控えて、最後に街に出られる日。

今夜を過ぎると一気に準備が加速して、俺の体も完全に空かないから、今のうちに――って意味でここに息抜きに来た。

舞台の上でアリーチェが歌っている。

彼女にはこの親征で、目くらましとしてついて来てもらうのだが、だからこそ今のうちに聴いておこうと思った。

余計な事を考えていない、純粋に歌っている彼女の歌を聴いておきたかった。

テクニックの部分で何かが変わるわけではないが、歌――音楽というのは人間のその時の感情がはっきりと出るものだ。

アリーチェの一番いい歌はこの店でしか聴くことはできない、と、俺は思っている。

そんな風に思いながら、顔見知りの店主が用意してくれた特等席でアリーチェの歌を聴いていた。

「あ、あの……」

「ん」

横から話しかけられた。

目を向けると、そこに一人、気弱な青年が立っていた。

青年は見るからにまわりを気にしているようなそぶりをしながら、おどおどした目で俺を見てい

る。

「おい、お前――」

アリーチェが歌っている最中に、まるで邪魔をするように話しかけてきた。

それに気づいた、少し離れている所で控えていた店主が怒りの形相《ぎょうそう》で、しかしわきまえてアリーチェの歌の邪魔にならないように押し殺した声で青年に向かっていった。

「いい」

俺は手をかざして、店主を止めた。

店主も俺がいいと言うのだったら、ということで、静かに一礼して、下がって元の場所に戻っていった。

店主だが、俺がいるときは直々《じきじき》にこうして控えている。

何かあったときにすぐに動いて対処できる――丁度《ちょうど》今のように。

俺はそんな店主を下がらせて、青年の方に目線を向けて、観察しつつ聞き返した。

「どうした、俺になんかようか？」

「あの！　お、俺……オスカー様の屋敷で、し、使用人をしてます」

「ほう」

俺は小さく頷いた。

まだ確証はないが、青年の言葉から、俺が皇帝ノアだという事が分かっているらしい物言いだった。

とはいえこの場でそれを聞くわけにもいかない。

アリーチェの古くからのパトロンである十三親王、現在の皇帝。

この店では公然の秘密になっているが、だからといっておおっぴらにすると騒ぎになるから控えている。

公然の秘密だろうが、形式上ではあくまで「秘密」なのだ。

「それが俺になんのようだ」

「あの！　こ、この前！　ご主人様――じゃなくて、オスカー様が不穏な事を言ってました」

「不穏なこと？」

眉《まゆ》がひくっと跳ねた。

瞬間、頭がすぅーと冷えていくのを感じ、アリーチェの歌声も急激に遠ざかっていって耳をすり抜けるようになった。

目の前の青年の声しか聞こえなくなった。

「はい！　オスカー様の、その、昔屋敷にいて、今はお偉い役人になった人が戻ってきたんです」

「家人《かじん》ってことか？」

「はい！　そ、それです！」

「ふむ、で、その家人がどうした」

「オスカー様と二人っきりで内緒話をしてて、それで俺、窓の外に隠れて聞いてました。ちょっとだけしか聞こえなかったんですけど」

「……何が聞こえたんだ？」

「えっと……たしか。我々は随行《ずいこう》いたします。戦場では事故もあるかと。とかでした」

「……」

俺は返事をしなかった。

下手に返事するよりも沈黙した方がいい内容だと思ったからだ。

「そ、そのあと。昔屋敷にいた方の人が、ご決断を、帝位につく絶好の機会、って言ってました。お、俺。話の内容はほとんど分かりませんでしたけど、最後のこの言葉だと絶対によくないって、思って、その……」

青年は必死に訴えてきた。

口は上手《うま》くないが、その分信憑《しんぴょう》性が感じられた。

「話は分かった」

「は、はい！」

「だが疑問がある」

「え？」

「なんでそれを俺に言う。お前はオスカーの使用人なんだろ？」

「それは」

青年の表情が変わった。

直前までおどおどして、必死過ぎるくらいの必死さを出していたのに、一瞬で変わった。

決意――何があろうと揺るがない決意。

そんな感情が青年の顔から読み取れた。

青年は、決意をそのままに言葉に乗せて放ってきた。

「俺、ドッソの出身なんです」

「ドッソ……」

聞いたことのある地名だな。

どこだったか……ああ。

ゾーイの故郷で、十年くらい前に水害に遭った土地だ。

当時、ゾーイは水害に遭った後、俺の所をやめたいと言い出した。

理由は水害に遭って、実家に色々金が必要になったから、親王邸をやめて遊郭《ゆうかく》に自ら身売りしなければ、という事だった。

親王邸のメイドはそれなりによそよりはいい稼ぎだが、それでも若い女が遊郭で稼げる金よりは少ない。

当時のゾーイであれば、「元親王邸のメイド」という売りもつけたはずだから、更に稼げただろう。

当然、それをさせるわけにはいかない。

自分の屋敷のメイドをそんな所に持っていかれるのは腹が立ちすぎる。

だから俺は動いた。

関係省庁にドッソの復興を働きかけた。

多少の横車も押し通した。

省庁の動きがまだ鈍《にぶ》いうちから、私財をなげうって、ドッソの土地を買い集めた。

災害のどさくさで、商人が土地を買い集めて暴利を貪《むさぼ》るのはよくある話だから、俺が先にやって保全した。

それがこうを奏して、少なくとも二次被害はなかったと聞いている。

そして青年はそれを恩義に感じているというわけだ。

名前：ノア・アララート
帝国皇帝
性別：男
レベル：17＋1／∞

HP	C＋B	火	E＋S＋S
MP	D＋C	水	C＋SSS
力	C＋S	風	E＋C
体力	D＋C	地	E＋C
知性	D＋A	光	E＋B
精神	E＋B	闇《やみ》	E＋B
速さ	E＋B		

器用　Ｅ＋Ｂ
運　Ｄ＋Ｃ

ちらっと視界の隅っこに見えたステータス。

この＋の中に青年も入っているのだろうか。

忠誠を誓った段階じゃ俺の前にはいなかったから、その辺りがよく分からん。

……が、まあ。

大丈夫だろう、と俺は経験と照らし合わせながらそう思った。

「そうか、ドッソか。その歳《とし》だと水害の時大変だっただろ」

災害の時というのは、幼ければもちろんそれはそれで大変なのだが、もっと大変な年齢がある。

青年は逆算すれば、その頃《ころ》は十代の半ばってところだ。

体力と気力があって、また責任感も生まれてくる頃。

災害に遭ってしまったときに、色々と責任と期待がのしかかってくる年齢と立場だっただろうな。

災害の後、生き延びた一家の生活が全《すべ》て十代の少年の双肩にのしかかってきた――なんていうのはそれこそごまんとある話だ。

この青年もそうなんだろう。

「その！　こ――ノア様のおかげで、俺達、すごく助けられました！　ノア様のおかげで、今生きてます」

「そうか」

「俺が都に出てきた時には十三親王様のお屋敷はもうなくなってたので、仕方なく第八親王様の所に仕えました――でも！」

青年は身を乗り出して、力説してきた。

「恩義はずっと感じてます！　だから、あんな話見過ごせません！」

「そうか……」

俺は小さく頷いた。

あの時の事が巡り巡って……とは。

さすがにちょっと驚いた。

122

歌姫との逢瀬

俺《おれ》は青年を見つめ、少し考えた。

「……分かった。その話は貴重だ、他の誰《だれ》にも言うな」

「もちろん！　誰にも言いません」

「お前はこのままオスカーの屋敷に戻って、普段通りに働け」

「分かりました！　注意深く色々――」

「いや、それはいい」

俺は青年の言葉を遮った。

「え？」

「意識して何かを探ろうとしなくていい」

「し、しかし。それでは――」

「言うことを聞け」

「――は、はい……」

俺が強めに言うと、青年は渋々《しぶしぶ》ながら引き下がった。

もっと役に立ちたいのになんでさせてくれない……そんな、不満がはっきりと表情に出ていた。

「これを見ろ」

俺は指輪からフワワを召喚し、俺オリジナルの紋章を青年との間の空中に作りあげた。

「これは……?」

「よく見て、覚えろ」

「え?　は、はい……」

青年はじっとそれを見つめた。

紋章だが、普段使っているものと一部変えている。

この青年にだけ見せている紋様にした。

「覚えたか?」

「は、はい」

「よし」

俺は頷《うなず》き、フワワを引っ込ませた。

「お前が必要になったら、さっきの紋様の何かを持った人間を接触させる。あれを見たら俺の代理だと思え」

「はい!」

青年の眉《まゆ》が開いた。

自分が必要とされている、と理解して一気にテンションが上がった感じだ。

「重ねて言う、意識して行動するな。オスカーは賢《かしこ》い」

俺は真顔で、まっすぐ青年を見つめながら言った。

「意識して探ろうとすれば必ず露見する。だから意識するな。オスカーの屋敷で真面目《まじめ》に働いてるのが一番俺の役に立つ」

「分かりました！　真面目に働きます！」

「よし」

俺は頷《うなず》き、懐に手を入れた——が。

思いとどまって何もしないで、手を出して元に戻した。

「今日はここまでだ、俺と会っているのが分かるとよくない」

「分かりました！」

青年はそう言って、姿勢を低くしたまま、店から出て行った。

その後ろ姿を見送った。

予想外にもほどがある。

いや、元からそうなのかもしれない。

ドッソの件は、ゾーイを助ける為にやった。

水害の後のイナゴのような商人連中から保護するために、俺がドッゾの土地をあらかた買い取った。

その時でさえ、ディランに感謝されていた。

十三親王だった頃《ころ》の家令をしてくれていた初老の男、ディラン。

そのディランも、ドッソの辺りの出身だった。

それと似たようなことが、また起きたというだけ――と、言えなくもない。

「いいことはしておくもんだ」

俺はふっと笑い、テーブルの上にある酒肴《しゅこう》に手を伸ばした。

「ノア様」

しっとりとした声が俺の名前を呼んだ。

顔を上げると、いつの間にか歌が終わったのか、アリーチェがテーブルの側にやってきていた。

「いつの間に……まあ座れ」

「はい、失礼します」

アリーチェはそう言い、俺の横に座った。

「一つ聞いてもいいでしょうか、ノア様」

店の中だからということで、アリーチェは気を使って、俺のことを「ノア様」と呼ぶ。

とはいえ、その気遣いは実は意味を成していない。

この店の常連客はほぼ全員が知っている、アリーチェのパトロンをやっている俺は、元十三親王で帝国の皇帝だということを。

この店で気を使って「ノア様」呼びはじつは意味がない。

ないが、その心遣いに指摘するのも無粋だから、そのままにした。

「なんだ、聞きたいことって」

「さきほど、ノア様はあの男の人にご褒美《ほうび》をあげようとしていたのではないですか?」

「ああ、そのことか」

俺は話しに夢中になって気づかなかったが、歌が終わって俺の近くに来ていたアリーチェはよく見えていたようだ。

そう、あの青年とのやり取りの最後、俺は懐に手を入れた。

1000リィーン位を与えてねぎらう——というのが俺のいつもやることだ。

付き合いの長いアリーチェはそれをよく知っていて、だからこそ何もあげなかった事を不思議がったようだ。

「あれが俺の屋敷の使用人とか、関係性が遠い所の人間ならそれでもいいが、オスカーの屋敷の使用人だ」

一呼吸間を空けて、更に続ける。

「あの格好を見ると、下級の雑務だけをしている使用人だ。そうなると月にもらっている給金は——そうだな、オスカーの屋敷なら15から20リィーンはあるだろうな」

オスカーの事はよく知っている。

彼は温和な性格で知られていて、また使用人にも優しい部類の親王だ。

帝都において、成人男性の平均月収が10リィーン位だ。

オスカーはその倍ぐらいを出していたはずだ。

とはいえ、それでも月20リィーンだ。

そんな人間に褒美で1000リィーンなんて渡そうものなら――。

「人間、いきなり大金を持ったら噂《うわさ》の的になるだろ？　どんなに隠してても」

「そう、ですね」

アリーチェは微苦笑して頷いた。

彼女には身に覚えがある。

かつて俺に見いだされた頃も、シンデレラガールということで帝都中にその噂が駆けめぐったものだ。

「褒美くらいいくらでもやれる、が、それで目をつけられたらあの男の為にならない」

「そうだったんですね……すごいです、ご褒美をあげるのにもそんなに色々考えなきゃいけない事があるなんて」

俺はふっと微笑《ほほえ》んだ。

「ああ、普段から色々考えているぞ」

「他にも考えている事があるのですか？」

「ああ。相手が貧しければ貧しいほど、まずは褒美を、と考えている」

「そうなのですか？」

「例えばだ……アリーチェ、今、お前が10リィーンのチップをもらったとして、そのチップをどう使う？」

「え？　チップ、10リィーン、ですか？」

「ああ」

頷く俺。

アリーチェは戸惑いつつも、考える仕草をした。

ものすごく悩んだ結果。

「たぶん……使わない、かもしれません。今すぐ買わなければならないものはないのですから」

「じゃあ、例えば俺と出会った頃に、臨時で10リィーンが手に入ったら？」

「出会った頃ですか？　それは……お母さんの薬代に」

「そういうことだ」

俺は更にもう一度、今度ははっきりと頷いた。

アリーチェはきょとんとした。

俺の「そういうことだ」がどういう事なのかよく理解できていないという様子だ。

「ある程度金を持っていたら、何か収入があってもすぐに使おうとはならない。しかし貧しければ貧しいほどすぐにその金を使う。しかも、市井《しせい》の生活に密着した使い方だ。昔のお前なら薬代、貧しい大家族ならたらふく食ったり冬越しの衣類を揃《そろ》えたり。そうだろ？」

「はい」

「そうする事で金が回る。貧しい人間に10リィーン与えればその者はそのまま使って、その10リィーンを受け取った人間もまた10リィーンを使う。更に受け取った人間も——その褒美の金で商売がぐるぐる回って、俺が与えた以上の効果を生み出す」

「あっ……」

「と、いうわけだ」

「すごいですノア様……そのお話初めて聞きましたけど、やっぱりすごいです」

俺はふっと微笑《ほほえ》んだ。

これも、歴史から学んだ事だ。

アリーチェにわざわざ話す事ではないが、パーウォー帝国の末期頃に、国庫を——国の収支を黒字化させなければ、という風潮があった。

理由はいくつかあるのだが、一番大きいところは国が無駄な公共事業を行い、民間に金をばらまいているのがけしからん、というものだ。

しかし歴史は後から、それが間違っていたと断じることになる。

当時は官民一体となって公共事業を無駄だと断じ、浪費だとした。

しかし、浪費だと言われている支出だろうが、その金は虚空《こくう》へと消え去ったわけではない。

公共事業に用いた金は、使われた人夫に支払われる。

必要以上に稼いでもため込むしかない金持ちと違って、庶民——人夫というのは九割方、金が入ったらすぐさまに使ってしまう人種だ。

それらはまず、飲食や歓楽に使われる。

酒を浴びるほど飲んで、女を買ったり。

そして飲食店などに使われた金は、仕入れの代金として——商人を経由して農家に流れる。

農家はもっと金が入れば使う人種だ。

まとまった金が出来たから嫁をもらう、という話は枚挙に暇《いとま》がない。

そうじゃなくても、家を補修したり、冬のために綿をたっぷり使った衣類を揃えたりと、いくらでも使い道がある。

それがなくなった。

公共事業という大本を断ったため、金の流れがはっきりと減ってしまった。

その結果、庶民は貧しくなり、税収が落ち込む。

ここでパーウォー帝国は更に悪手として、増税に踏み込んだが――それはまあ、別の話。

たとえ国の財政が厳しくても、「お金を持ったらすぐ使ってしまう層」にまくのは必要な事だと俺は思った。

そう、歴史から学んだ。

まあ、それはアリーチェに言うことではない。

「それよりも今度の話だけど、そろそろ準備も兼ねて宮殿に入ってもらいたい」

「はい」

アリーチェは静々《しずしず》と頷いた。

「オードリー、俺の妻が会いたいとも言っている」

「皇ご――いえ、えっと、お、奥さんが？」

アリーチェは驚き、戸惑った。

俺との付き合いが長い分、「ノア様」と「陛下」の使い分けはスムーズだったが、「皇后《こうごう》」と関《かか》わるのはほとんど初めてだったからそうもいかなかったようだ。

「ぷっ」

「ど、どうしたんですか？」

「いやなに、俺よりも俺の妻に緊張したり怯《おび》えたりしてそうだなって」

「あっ……」

アリーチェは恥ずかしそうにうつむいてしまった。

そして恨めしそうに、上目使いの目線を俺に投げつけてくる。

「すまない、からかいすぎたか」

「う、ううん。あの、いつ……行けばいいんですか？」

「お前の都合がいい時でいい」

「分かりました、マスターにちょっと聞いてきます」

アリーチェは立ち上がって、少し離れた所で控えている店主の所に向かっていった。

その時の事だった。

「おら、どけどけい！」

「邪魔だって言ってんだろ！」

俺の真横――店の入り口から柄の悪い、チンピラっぽい三人組が入ってきた。

一人が前を歩き、残った二人を引き連れている。

三人とも、肩を揺らして歩いている。

物理的に自分を大きく見せたいという、古典的な威嚇《いかく》行動だ。

「なんだ、満席か?」

「どっかどかせばいいだろ」

「あそこの席とかいいんじゃね?」

男達はそう言いながら、俺達がいるテーブルに向かってきた。

そして先頭のリーダー格っぽい男じゃなくて、後ろにいた手下風の男が俺の前に立った。

「おう、そこの席譲ってくれや」

「大人しく譲ってくれりゃこっちも手荒なまねはしねえ」

「……」

俺はすこし呆《あき》れた。

宮殿の外で、お忍びで来てるとはいえ、ここの店は店主から客に至るまで全員俺の事を知っている。

知らないのは一見《いちげん》客くらいのもんだ。

そして一見なのに、よくもまあ初めて足を踏み入れたアウェーの地でそこまで古典的で陳腐《ちんぷ》な威嚇行動ができたもんだ。

「お前ら——」

「待ってマスター」

「アリーチェ？　何故止める。あのままだと――」

「あの方の活躍を活躍の場を奪ってどうするの」

「え？　いやでも」

「あの程度の男達、あの方には指一本触れる事すらできないわ」

「それは……そうなんだろうけど……」

少し離れた所でアリーチェと店主が何かを言い合っていた。

何を話してるんだ？　とそっちに目を向けていると。

「おい！　てめえ話きいてんのか？」

「ん、ああすまん、聞いてなかった」

「――っ！　この！」

俺に無視されたと思ったからか、逆上した男の一人が拳《こぶし》を振り上げた。

瞬間、俺の脳裏《のうり》で様々な展開を想定した。

いくつか想定した中での、その一つを選んだ。

俺は微《かす》かに身じろいだ。

すると、男の拳が俺の頬《ほお》をかすめた。

「「――っ！」」

瞬間、店内がざわついた。

常連客から店の人間に至るまで、一人残らず青ざめた。

そうならなかったのは俺と、そして事情を知らないチンピラの三人だけだ。

事情は知らなくても、空気を読む能力はあったようだ。

まわりの空気が一変して、まるで何かとてつもなく恐ろしいものを見ているような表情になっていることに、三人も気づいた。

「な、なんだよ……」

それは、はっきりとした反発よりも恐ろしく感じただろう。

全員がまるで、世界の終わりかのような、そんな顔をしたからだ。

さすがに様子がおかしいと気づいた三人は、その異様な空気にたじろいだ。

俺は頬に手を触れた。

微かに血が出ていた。

程度で言えば、紙の端で切れた程度のかすり傷だが、それでも俺の顔に傷がついて、血が出たことには違い無い。

「陛下！　だ、大丈夫ですか⁉」

アリーチェが血相を変えて俺に駆け寄ってきた。

「「「へいか？」」」

アリーチェの言葉に、三人はきょとんとなった。

言葉の意味さえもまだ理解できてないようだ。

とりあえず――止めとくか。

「大丈夫だ」

アリーチェにそう言って、立ち上がった。

そして三人の方に向き直った。

「な、なんだよ」

「これで正当になるな」

俺は自分の頬を指さしながら言い放った。

「――っ！　馬鹿《ばか》にして！」

男の一人、先陣を切って俺を殴ってきたチンピラがもう一度拳を振り上げた。

怒りが不可解を振り切ったようだ。

二度目も当たってやる義理はなかった。

俺はそいつの拳をさっと避けて、手首に手を触れた。

そして――はずす。

ゴキッ！　という音とともに、男の手首の関節がはずされた。

「ぎゃあああ！」

「なっ、なにぃ！」

「てめえ！」

関節をはずされた男は手首と肘《ひじ》の間を摑《つか》んで、絶叫して膝《ひざ》から崩れ落ちた。

俺は残った二人に近づいていった。

そいつらはいきり立って、反撃した。

さっきの男と同じように拳を握って、無造作に殴り掛かってきた。

俺はルティーヤーから覚えた体術で、二人の手首もはずしてやった。

まったく同じ動きで、三人ともまったく同じようにして右の手首の関節をはずした。

電光石火《でんこうせっか》の動きで手首をはずされた三人、その場にうずくまって呻《うめ》きだした。

すると、リーダーらしき男がうずくまりながらも、額に脂汗を浮かべながら俺を睨《にら》んできた。

「てめ……こんなことして、ただで済むと思うなよ」

「ただで済むぞ」

「なにぃ⁉」

「帝国法では、先に攻撃を受けた方は相応の反撃をする事が認められている。俺はお前達に殴られて血が出た、それで拳が使えないように関節をはずした。九割九分適法だと認められる」

「そんなの関係ねえ！　こんなことしやがって、絶対に――」

「……」

言うべき事は言い終えた、後は言葉じゃない方でトドメをさしとくことにした。

俺は口を閉ざし、力を解放し、背後に紋章を顕現《けんげん》させた。

「「は、ははー！」」

その瞬間、店の中にいる人間全員が俺に跪《ひざまず》いた。

リヴァイアサンの力の応用、威嚇のやり方を調整し、相手に「恐怖」ではなく、「目の前にいる

のは皇帝」だというのを心に直接すり込ませる技だ。

それをやると、全員が一斉に跪《ひざまず》いた。

客達はそれだけだった。

が、俺に殴り掛かってきた男達は、跪きながら、がくがくと震えだした。

俺は少し、威嚇を弱めてやった。

すると、男達は「ひいぃぃぃ！」と、金縛りが解けたかの如《ごと》く這《は》って逃げ出した。

男達がいなくなった後、場はシーンとなった。

「――っ、陛下!!」

威嚇から真っ先に我に返ったのは付き合いが長く、深いアリーチェだった。

彼女にしたところで、威嚇が残っているのか、さっきまでと呼び方が違っていた。

アリーチェは俺にかけよって、俺の頬に手を伸ばして、しかし途中で手を止めてあわあわした。

「す、少しお待ちください、いま拭《ふ》くものを――」

「いや、必要ない」

アリーチェを止めて、俺は懐から小瓶《こびん》を取り出した。

瓶《びん》の中の液体――ポーションを指にたらし、頬の傷に塗った。

すると――。

「き、傷が……」

驚き、絶句《ぜっく》するアリーチェ。

ポーションを実際に見るのは初めてだったか？

「これは……」

「余が作った、かすり傷程度なら見ての通りすぐに治る」

「陛下が⁉　す、すごい……」

俺はフッと笑い、ポーションの瓶を懐にしまった。

ポーションを使った光景、そして説明がその場にいる客全員の目と耳に届いて、客らは全員平伏したまま歓声を上げた。

123 商人と皇太子

俺《おれ》は頬《ほお》についた血を親指で拭《ぬぐ》い取った。

「す、すみません陛下！　すぐに通報して、あの者達を追いかけさせます」

アリーチェの次に我に返ったのは店主だった。

長年顔見知りの店主は、さっきの連中に勝るとも劣らない、四つん這《ば》いで地面を這う格好で俺の前にやってきて、平伏したままそう言った。

「いや、必要ない」

「え？」

「大した罪ではない。頬にかすり傷など、裁判所に持って行っても説教する程度だ。むしろ持って行かれても困るだろう」

「し、しかし、陛下にこのような事をするなど言語道断《ごんごどうだん》、いや万死《ばんし》に値する」

「逸《はや》るな。余は名乗っていなかった、不敬罪には当たらん」

この話をするのは何度目だろうな、と俺はちょっとおかしくなった。

法務大臣になってから、当時の皇帝である父上に求められて法解釈をしてきた中で、おそらく一番勘違いされて、ただしてやらなきゃいけなかったのがこの不敬罪の解釈だ。

不敬罪というのは、庶民が貴族に不敬を働いたときに対する罰則を定めた法律だ。

その中でも、特に皇帝に対するものは「大不敬罪」と呼ばれることはあるが、これは俗称で正式には不敬罪の中の一条に過ぎない。

その不敬罪は、はっきりと「相手を王侯貴族だと認識した上で」と定められている。

つまり今回のようなケースだと、皇帝が名乗る前だから不敬罪にはならずに、頬を傷つけたというただの傷害罪になる。

……というようなことを、子供の頃《ころ》から何度も父上の前で言ってきたことだ。

「ただの傷害罪で、余も報復法の原則に基づいて脅威を排除しただけだ」

「おお……なんという寛大さ」

店主が感動した様子でそう言った。

すると、他の客達も歓声の中で一斉に俺を称《たた》えだした。

「では、せめてあいつらの正体を突き止めます。組合に人相書きを流してこの辺りを出禁に致します」

「それも必要ない」

「え？」

「最後に余は名乗った、そうだろ？」

「え？　あ、はい」

店主は慌てて頷《うなず》いた。

リヴァイアサンの力で具現化した紋章。

あれは、何も知らない人間にでも「皇帝だぞ」とすり込む力――いや技。

前回のレアラトに行く道中で編み出した技だ。

「お前がもし、知らなかったとはいえ皇帝に傷を負わせたらどうする」

「それはもちろん……逃げます、あっ――」

「そうだ、逃げる。余は不敬罪を適用させるつもりはさらさらないが、お前達も含めて、普通はその方向で物事を考える。あいつらもそうだろう。もう帝都にはいられまいよ」

「す、すごい……そこまで考えての上で……」

「大した事じゃない。万が一怖がらずに恨みを持ったとしても、その矛先は余に向かってくる――余はアリーチェが歌う場所を守ったにすぎない」

「陛下……」

店主の横で話を聞いていたアリーチェが感動した様子で、目を潤ませた。

「というわけで……アリーチェ、迎えは改めてよこす。店主、アリーチェがいない間はお前がちゃんと店を守れよ」

「は、はい！　命に代えても」

俺はにこりと微笑《ほほえ》みながら。

「みんな楽にしろ」

俺はそう言いながら手を振って、店からゆっくりと立ち去った。

店を出た後、一人で街の中を歩いた。

散策するくらいの気軽さで、歩きながらあれこれ眺めた。

帝都の風景を、繁栄を。

もう少ししたら出兵するから、今のうちにまぶたに焼き付けておこうと思った。

実質的な意味合いはないが、いざという時、もしかして「守るものがある」ということで、俺の心と気持ちを奮いたたせてくれるかもしれない。

なんとなくそんな事を思いながら、帝都を散策しながら、あっちこっち見て回っている。

あれこれ眺めながら歩いていると、目の前で一台の馬車が止まった。

馬のいななきとともに馬車が止まって、直後に一人の男が降りてきた。

「陛――ご無沙汰《ぶさた》しております」

「アランか」

馬車から降りてきたのは見知った顔の商人、バイロン・アランだった。

バイロンは俺が六歳だった頃《ころ》に知り合った商人だ。

確か第一宰相ジャン――いや、当時は第三宰相か。

ジャン＝ブラッド・レイドークの屋敷で開かれたパーティーに招かれた時に知り合った。

あの時は壮年《そうねん》だった男も、今や還暦《かんれき》間近の初老で、髪に白髪が交じっていて、立派なひげを生やすようになった。

「どこかへ行く途中だったのか?」

俺はアランが乗ってきた馬車をちらっと見て、聞いた。

「店へ戻る最中でございます。各地から発注したものの一部が届いたと知らせが入りましたので」

「へえ」

そう返事しながら、俺は歩き出した。

バイロンは御者に手を振って何か合図を送ってから、一人で俺の後についてきた。

真横ではなく、わきまえて俺から一歩下がった位置でついてくる。

「なにか面白《おもしろ》いものでも仕入れたのか」

「子供が喜ぶものを、少々」

「子供？」

ちょっと驚き、目を見開いてアランの方に目線を向けた。

アランほどの商人が「子供が喜ぶもの」というのは普通に考えてないことだ。

何かあるのか？　と彼の顔を観察するように見た。

「はい。もっと正しく申し上げれば、大人が思う、子供が喜びそうなものでございます。さるやんごとなきお方が、しばらくの間孫を可愛《かわい》がるとの情報を仕入れましたもので」

「……ああ」

俺は頷き、くすっと笑った。

街の中だからバイロンは明言を避けたが、それは父上の事だった。

俺は父上にセム――俺の息子の「お守り」を頼んでいた。

そして父上の元には、バイロンが送り込んだ妃《きさき》がいる。

商人というのは、政治の中枢からの情報があるのとないのとでは商売に大きな違いがでる。

ではどこからの情報がもっとも価値があるのかといえば、もちろん中枢のさらに中心である皇帝そのものからの情報がもっとも価値が高い。

皇帝から情報を引き出すのは普通に考えれば難しいが、皇帝もまあ男だ。

男からは枕《まくら》物語で色々情報を引き出せるのは――まあ数百年、いや千年以上前から変わらないことだ。

だからバイロンは妃になるための女を選び、それを俺が協力して、当時皇帝だった父上の後宮に推薦して入れたわけだ。

そのルートが今でも生きている、というわけで、俺が父上に頼んだセムのお守りという情報がバイロンに流れたというわけだ。

「どういったものを用意したんだ？」

「はっ、そのお方は厳格な方ですので――」

「シンプルに幼い子供が喜ぶものを半分くらいは揃《そろ》えた方がいい」

俺はバイロンの言葉を遮った。

語り出しからある程度の想像はついたから、それを否定する形になった。

「え？」

「父親と祖父というのは違う。子供に厳格な男でも、孫相手だとまったく違う一面を見せる。ちがうか？」

「た、たしかに……頑固一徹の老人でも孫だけは溺愛《できあい》することがよくある……」

「が、確かな事は言えん。だから半分くらいでいい」

「分かりました」

「その代わり……」

「え？」

「さるお方がどう思うのかは分からないが、丁度《ちょうど》俺にも息子がいる、たぶん同年代のな。その息子が何を喜び、何が特に好きなのかの話ならしてやれる」

「――っ!!　ありがとうございます!!」

バイロンは大げさなくらいの勢いで頭を下げた。

……大げさでもなんでもないか。

話に出てきた「孫」は俺の息子セムだ。

そのセムが何を好きなのかをあらかじめ知っていれば準備ができる。

妃経由の枕物語じゃなく、俺本人からの情報。

普通ならいくら金を出しても買えないような情報だから、バイロンの反応はむしろ至極当然《しごくとうぜん》といえる。

俺はバイロンにセムの好きなものを教えてやった、バイロンはものすごく喜んだ――が。

「……」

直後、彼はものすごく困った顔をした。

「どうした」

「そ、その……なんとお礼をすればいいのか……」

「……ああ」

俺はふっと笑った。

よく考えれば当然だ。

バイロンと知り合ったとき、俺はただの十三親王だった。

親王――つまり王族相手であれば謝礼も渡せる。

が、今の俺は皇帝だ。

帝国の全《すべ》てのものは余のもの――というのが皇帝だ。

皇帝相手に、知らないならいざ知らず、正体を知っているのに謝礼を渡せるはずもない。

返礼ができない――というか、しようが無いことにバイロンは気づいて、困り果てた。

そもそも、ストレートに「皇帝に謝礼」というのは、不敬罪にもなり得る。

皇帝の「恩賜」とはそういうものだ。

だから厳しい貴族だと、今の迷いにすら「不敬だ!!」と言い出すのもいる。

俺はもう一度笑い、話を変えてやった。

「そういえば、暁光馬《ぎょうこうば》――というのを知っているか?」

「暁光馬……ですか。いえ、寡聞《かぶん》にして……」

「全身の毛が山吹《やまぶき》色に光り、あたかも暁光を放っているように見える馬のことだ」

「そのような馬が⁉」

バイロンの目の色が変わった。

暁光馬の姿をイメージして、それが「金になる」と商人の勘が働いたんだろう。

「もちろん本当に光っているわけではない。ある品種の白馬に、ある飼料をを与えると、その飼料の影響で汗の色が変わり、白毛とあわさって暁光を放っているように見えるだけだ」

「な、なるほど」

頷いたバイロン。

瞳《ひとみ》の色も落ち着いたが、「それならそれでやはり金になる」と、完全に失望したわけではないような表情になった。

「その飼料の質――純度ともいうのかな、それが高ければ高いほど輝きが増す。丁度その飼料が欲しいと思ってたところだが――ざっくり半年分、揃えられそうか」

「――っ！　お任せ下さい！　必ずや！」

「なら、頼んだぞ」

「はっ！」

バイロンは深々と頭を下げた。

まわりの通行人が何事かと注目を集めたが、さほど珍しい光景でもなく、すぐに興味が潮のように引いていった。

俺は再び歩き出す、バイロンもついてくる。

「しかし……さすがでございますな」

「ん？」

「暁光馬……でしたか。そのような馬の事は初耳です。どうやって調べ上げたのでございますか？」

「古い文献の断片から集めたものを復元させただけだ」

「なんと……」

「ん？」

バイロンがまた立ち止まった。

さっきよりも驚いた顔をしている。

「どうした」

「す、すごいです……そのような学者のような事もなさっていたとは」

「必要だったからな」

「必要？」

「ああ、はったりに何かいいものはないかって調べてたら、黄金の馬というのが複数の文献にあったから、念入りに調べてみた」

「それだけで……さすがでございます！　学者の家系に生まれていたとしてもきっと大成なさったことでしょう」

「学者か」

それはそれで心ひかれる未来ではあるな。

「そういえば」

ふとある事を思い出した俺は、歩きながら首だけ振り向き、肩越しにバイロンに目線を向けた。

「はい、なんでしょう」

「お前になにか、これは絶対に許せないことだ！　っていうのはあるか」

「もちろんです！　私には恩人がいて、その方をないがしろにするような者は絶対に許せません！」

「ふふっ」

俺はクスッと笑った。

今の「恩人」というのは俺で、バイロンは俺にゴマをすっているわけだ。

「その話は分かった。二番目だとどうだ？」

「二番目……でございますか……」

バイロンは眉《まゆ》をひそめ、少しばつの悪そうな表情になった。

俺が言外に「お世辞《せじ》じゃない方を話せ」って言ったもんだから、それで困っているようだ。

「なんだ、ないのか？」

「い、いえ！　その、強《し》いて言えば」

「うん」

「娘を……不幸にした者は許せない、でしょうか」

「ああ」

バイロンには義理の娘がいる、俺とも面識がある。

その子の事か。

「そうか、娘のことを大事にしてやれ。悪かったな、変な話を聞いて」

「いえ！　滅相《めっそう》もないです」

「暁光馬の件、頼むぞ」

「はっ！」

バイロンはそう言って、一度頭を下げてから、身を翻して歩き出した。

「娘、か」

バイロンの絶対に許せないことは、思いのほか分かりやすかった。

あれほどの商人なのだからもっと複雑な者だと思っていたから、少しだけ拍子抜けしたのだった。

124 ヘンリーとオスカー

昼下がり、オスカー邸。

オスカーが庭園で花壇の観賞をしているところに、一人の使用人が小走りでやってきて、耳打ちした。

「それは珍しい。すぐにお通ししろ」

「はい！」

少しおどろいたオスカー。

使用人にそう言うと、使用人はかけだして、来た道を引き返していった。

数分後、今度はヘンリーを連れて再び戻ってきた。

オスカーは人の良さげな笑みを浮かべながら、両手を広げてヘンリーに向かっていった。

「これは珍しい、兄上が我が家に来てくれたのは何年ぶりだろうか」

「そんなにご無沙汰《ぶさた》してたか？」

「それはもう！　前回来てくれたときはまだ――」

オスカーは半歩体をずらし、ヘンリーに背後の花壇を見せるようにして。

「この花壇はまだなかった頃《ころ》だからね」

「そうか。いや、良い酒が手に入ったから、せっかくだからお裾分《すそわ》けしておこうと思ってな」

ヘンリーはそう言って、右手を上げた。

その手の中には縄《なわ》につながれた、古びた壺《つぼ》があった。

壺自体も開口部の封も古びていて、一目で年季のはいった貴重な酒だという事が分かる。

「それは素晴らしい、では早速一席設けさせよう」

オスカーはそう言って、ヘンリーを案内してきた使用人を側《そば》に呼び寄せて、耳打ちした。

オスカーが一言なにか言う度に使用人は頷《うなず》き、そして見えない所で指を折って命令をしっかり覚え込ませていた。

「すぐにだ、分かったな」

「はい！」

「では行け」

「ああ、これも持っていけ。割ったら尻蹴《しりけ》っ飛《と》ばすからな」

命令を受けて立ち去ろうとする使用人に、ヘンリーは冗談とともに酒の入った壺を押しつけた。

使用人は大慌てでそれを受け取って、壺を割らないように慎重に立ち去った。

それを見送った後、ヘンリーとオスカー——兄弟は再び向き合う。

「さて兄上、準備ができるまでしばらく散歩しないか」

「そうだな。そういえばお前の庭に立派な『夫婦木』があるという噂《うわさ》を聞いたのだが、それを是非《ぜひ》一度見てみたいな」

「ははは、兄上も冗談が上手《うま》い。うちの夫婦木なんて数合わせですよ」

オスカーはそう言いつつも、差しだした手の平を上向きにして、「どうぞ」ってジェスチャーをしつつ、ヘンリーを案内するように先導した。

夫婦木というのは、園芸でよく作られる作品の一つだ。

隣り合ってうえた二本の木を小さい頃《ころ》から毎日少しずつ曲げて、二本を螺旋《らせん》のように絡《から》み合《あ》って成長させていくものだ。

絡み合って成長していくため時代によって様々な名前がつけられたが、ここ数十年は「夫婦木」という呼び名が主流になっている。

時間も労力もかかるため、貴族が財力と余裕を誇示するために作らせ、保有する事がトレンドになっている。

「ほう！」

少し歩くと、二人は一対の夫婦木の前にやってきた。

「これは素晴らしい」

ヘンリーは声を大にして称賛した。

「そんな事ないですよ兄上」

「いやいや、夫婦木の出来ももちろんいいが、ここに至るまでの過程が素晴らしい」

「過程ですか？」

「ああ、庭のだ。道中は木々の間から部分的に少しずつ開示していきながらも、全体を想像できないもどかしさを持たせつつの全体像。この演出はオスカー、お前の案だな」

「あはは、参ったね。そこまでお見通しだと、自慢のしがいがない」

オスカーはそう言って苦笑いしつつも、悪い気はしないような感じだった。

兄弟二人は肩を並べて、夫婦木の前にやってきて、足を止めた。

「やはりお前は上手いな」

「何の事ですか？」

「この夫婦木にしたってだ。俺《おれ》だったらこれをどーんと、庭の見えやすい所に置いておくもんだが、お前はそうしないでこうして庭の深くに取っておくものな」

「それは違うと思うな。こっちこそ、兄上の豪胆さが羨《うらや》ましいといつも思っている。この夫婦木にしたって、どこか間違っているんじゃないかって思ってるからこそ、自信が持てなくてこうして隠しているんだ」

「だがそれなら、間違ったことにはならない。切り札は勝機を見計らって出せば負けはない。出さなければそれはそれで負けない」

「負けはないかもしれないけど、勝ちもないよ。何事もまずはチャレンジしてみなければ結果もそもそもついてこないって反省することが多いよ」

ヘンリーとオスカー。

兄弟の二人は同じく視線を夫婦木に向けながら、上滑りのやり取りをかわしていた。

剣術でいえばフェイントの掛け合いだ。

どちらも小刻みなフェイントを掛け合いながら、片方は切り出すタイミングを、片方はそれを待ち構えている。

どちらも、はっきりと理解していた。

ヘンリーは自分の来意と真意がほぼ伝わったと確信し、オスカーも向こうがこんな毒にも薬にもならない庭園の話をしに来たのではないという事を理解した。

「……」

「……」

会話が途切れて、二人の間に沈黙が流れる。

風が二人の間を吹き抜けていき、夫婦木の側でつむじ風を作った。

「今日来たのはな」

程なくして、ヘンリーが先に口を開いた。

このあたりは二人の性格の違いがはっきりと出た。

オスカーは「待てる」性格だが、ヘンリーは「待てない」性格だ。

「うん」

「お前の率直《そっちょく》な意見を聞きたい」

「意見？」

「先帝は何回も親征した。後半にあたる数回は、アルバートをのぞいて、お前までの親王を随行させた」

「そうだったね。アルバートは当時の皇太子だったから最後まで随行せず、そして私が最後に随行した親王だったね」

「互いに一回は親征に随行している。その経験を踏まえた上で聞きたい。今回の親征をどう思う？」

「鎧袖一触《がいしゅういっしょく》」

オスカーはほとんど表情を変えずに、即答で言い切った。

「辺境の蛮族が跳梁《ちょうりょう》を繰り返しているけど所詮《しょせん》その程度、いつもの鎮圧戦になると思う。何より」

「何より？」

「……陛下は本当にすごいお方だ」

少しためらいがちに、オスカーは更に続ける。

「初めての親征、しかも偉大な父の跡を受け継いだ男。普通なら多少なりとも『良いところを見せたい』と気負うものなのに、軍の指揮は全《すべ》て兄上に一任した。そんなの普通じゃ考えられない」

「陛下は幼い頃からとことん合理的だったから」

「人間は危難に陥っているときこそ本質が見えるという。すごいよ、陛下は」

そう話すオスカーは、表情が微《かす》かに強《こわ》ばっていたが、すぐに持ち直して。

「というわけで、親征とはいうが、実質兄上が指揮する鎮圧戦だよ。勝って当たり前の戦だ。まあ、兄上が良いところを見せようとする、という危惧が無いわけでもないけど」

オスカーは肩をすくめておどけてみたが、ヘンリーは乗らなかった。

「そうか……、勝って当たり前か」

独りごちるかのようにつぶやくヘンリー。

当事者の二人は、互いに肩が触れ合うほどの近くにいながらも、本心を出さずの会話を続けていた。

オスカーが帝位に未練がある。

ヘンリーはノアに忠誠を誓っている。

ノアの親征は最大の隙《すき》になり得る。

ヘンリーはそれを探りに来た。

オスカーも探られている事を承知している。

その上で、互いに触れるか触れないかの、微妙な距離感での会話を繰り広げている。

「……オスカー、お前は陛下をどう見ている」

「……兄上のその質問の意図はなんだ？」

オスカーは警戒した。

微かに顔を強ばらせて聞き返した。

元々警戒していたところに、ヘンリーは更に一歩踏み込んできた――とオスカーは感じたのだ。

が、ヘンリーはなんでもない事のように微かに微笑《ほほえ》んだ。

「人は危難の時にこそ本質が見えると言ったのはお前だろう」

「……むっ」

「陛下の本質、お前はどう見た？」

「……」

オスカーは黙り込んだ。

さっきまでのとは少し違う。

警戒ではなく、しっかり答えるための言葉を選んでいる——その為の沈黙だ。

沈黙し、熟考しているオスカーを、ヘンリーは邪魔せずにひたすら待った。

そうして待つことしばし、オスカーはやはり言葉を選びつつ、慎重に口を開いた。

「語弊を恐れずに言うのなら」

「ああ」

頷くヘンリー。

ここだけの話にする——と言外に告げる表情をしている。

「陛下は、およそ人らしくない」

「ほう？」

「兄上も落ち着いて考えてほしい、陛下の『欲』はどこにある？」

「…………難しい質問をする」

虚を突かれたヘンリー。

少し考えたあと、彼は苦い表情をした。

「それがもう答えなのさ。陛下には、およそ男——いや人間にあるはずの欲らしい欲がほとんど見当たらない。それは今に始まった事ではない、幼少の頃からそうだ。それは兄上の方が私よりも熟知しているはずだろ？」

「そうだな……正直、最初は生意気な子供に思えた、その次は大人びた子供だと思った、その先は――」

「――論ずる言葉が見つからない」

オスカーが言い、ヘンリーがはっきりと頷いた。

それは、二人の間で共通する感想だった。

皮肉にも、この日ずっと探り探りの会話をしていた二人が初めて心を一つにしたのが、ノアに対する評価だった。

「兄上も聞いたことがあるはずだろうが、陛下が時折口にしているこんな言葉がある」

「ん？」

「やせ我慢は、貴族の特権だ。と」

「ああ」

頷くヘンリー。

確かにその言葉を幾度となくノアの口から聞いたことがある。

ノアが貴族の事を語るときによく使う表現だ。

「言いたいことは分かる。貴族とは本来そういうものである、という原則論だ。そして原則論を貫き通そうとすれば、当然それはやせ我慢という形になる。それはいいんだ。でも、陛下はそれを――」

「特権、と言った」

今度はヘンリーが言葉を引き継ぎ、オスカーが静かに頷いた。

そこにはさっきまでの手探り感は跡形もなく、兄弟の心が一つになったような、そんな感じがする情景になった。

「貴族はやせ我慢するものだ、までならまあ言えるだろうが、特権だ、というのは」

「そう、私達なら、普通なら。でも、陛下はそれが言える。しかもなんら無理することなく」

オスカーはそこで一旦《いったん》言葉を切り、深呼吸して、真顔でヘンリーを見つめてまとめた。

「そういう意味で、陛下は人らしくないと思う」

そこで話が一周した。

ヘンリーは頷いた。

最初はどういう意味なのかと思ったが、道筋立てて説明されると納得するしかない、と正直に思った。

「そうだな……」

「一方で、陛下には人の感情が分かる。法を何よりも重んじるのに、人の感情もはっきりと理解しておられる。一番象徴的なのがギルバードの暗殺計画が発覚したときだ」

「あの時に何かしたか?」

ヘンリーははっきりと首をかしげた。

「ギルバードが先帝の暗殺を企てた、それを陛下が暴《あば》いた。皇帝の暗殺は斬胴刑《ざんどうけい》一択——その時の陛下も法務大臣としてそう答えた」

「ああ、実に陛下らしい」

「同時に、実行前の発覚だから、未遂とも取れると言った。その場合斬胴刑は免《まぬが》れないが、執行猶予がつくと先帝に進言した」

「……ふむ？」

ヘンリーは首をかしげた。

またピンと来ていない様子だ。

オスカーはフッと微笑《ほほえ》んだ。

「無理もない、その辺りは法の専門家でもなければたどりつかない発想。私もある日別の事を調べてそこから連想した事だよ」

オスカーはそう言いながら、真顔に切り替えた。

「執行猶予がつけば、いつ執行するのかは陛下の一存になる」

「……ああっ！」

ヘンリーはハッとした。

オスカーはにこりと微笑んだ。

自分も理解したときはそうだった、と言わんばかりの表情だ。

「そして帝国法には、いつまでに絶対執行しなければ、というのは定められていない。つまり陛下がその気になれば」

「……生涯飼い殺しにできる」

「そう。明日できる事は今日はしない。何かの時にこの言葉を聞いてピンと来たんだ。それで帝国法を隅から隅まで調べて、これが分かった」

「そうか……ギルバードがあんなでも息子は息子。しかも長男」

「まともな親なら躊躇《ちゅうちょ》する。さらに先帝はギルバードにわずかながらの負い目がある」

「長男なのに、側室の子だからという理由で皇太子にはしなかった」

「そう。それらの条件が揃《そろ》ったとき、兄上、あなたには執行ができるか？」

「……分からん」

「ああ、私もだ。当然父上もそうだ。暗殺が発覚しても我が子、しかも負い目がある。陛下はきっとそこまで考慮して、執行猶予という可能性を提示した。ただ法に厳しいだけの人間にはそんな答えは出ない」

「そうだな」

はっきりと頷くヘンリー。

彼もオスカーもそうだ。

今や壮年から中年にさしかかっていて、息子を持つ身となった。

だからこそ、「父親」として息子をどうこうする、ということがあの頃に比べてより実感できるようになった。

自分がその立場になったときに執行できるか分からない――いや。

きっと、できないだろう。

「もちろんきっかけの言葉はさっきのあれだけど、はっきりと理解できたのは子供ができたから、というのが大きい」

「ああ」

「だから……陛下はすごいよ。あの時は子供はおろか、正室さえも迎えていなかったからね」

「そうだな」

「だから難しい。自分には人らしい欲はないのに、人の情はよく理解できる。そんな陛下の本質は」

「……」

ヘンリーは深く同感した。

オスカーの言うことに深く同感した。

「だから――およそ人らしくない」

三度、オスカーは同じ言葉を口にする。

人らしくない。

ここまで来ると、もはやそうとしか思えないくらい、その評論がしっくりきていた。

「人らしくないというのなら何になるのだろうな」

「強いて言えば……神かな」

オスカーは肩をすくめておどけてみた。

「笑えん冗談だな」

「でも理想的な神の姿だろ」

「それでも笑えん」

ヘンリーは苦笑いした、言いだした当の本人であるオスカーももう一度肩をすくめて笑った。

苦笑いしながら、ヘンリーは密《ひそ》かに感心していた。

ヘンリーが「探り」にきたのはオスカーも分かっている。

ヘンリー自身そこまで隠していない。

オスカーが未《いま》だに玉座を狙《ねら》っているのは公然の秘密だ。

それを、親征に先だってヘンリーが色々と探りにきた。

それをオスカーが見事にかわした。

最初は「人とは思えない」で空気がひりついたが、その理由を「神にしか思えないから」にした。

こうなるともう、本気でも冗談でも、「神だと思う」で逃げられてしまう。

オスカーの方が一枚上手だったという事になる。

（やはり人材だ……これで陛下に忠誠さえ誓えるのなら……）

任務は失敗、しかし改めてオスカーという人材の能力を再確認したヘンリーは、心の中で密かに残念がったのだった。

125 化かし合う世界

昼下がり、兵務省管轄の練兵場の中、俺《おれ》は馬にまたがっていた。

毛並みも体型も立派な白馬で、馬は専門外でも、これは相当手間暇《ひま》かけて育てたのだって分かるくらいの馬だ。

その馬にまたがって、馬場の中をゆっくり回っている。

「どうだろうか陛下」

馬場のすぐ外から、ヘンリーが聞いてきた。

俺が回っている間、ヘンリーはずっとそこで見ていた。

俺は手綱を引き、ヘンリーに返事する。

「良い馬だ。命令をよく聞いてくれる、それに」

「それに？」

ヘンリーが首をかしげた。

俺は手綱を引いて馬の速度をあげた。

速度をあげて、馬場を回った。

しばらくして、馬の体から汗が噴き出された。

白毛の下から噴き出される汗は、日差《ひざ》しを反射して黄金色に輝きだした。

「おお！」

「体質もいい。これなら充分象徴になる」

「では随伴はこの馬で？」

俺はゆっくりと馬を引いて、ヘンリーの前に戻ってきた。

馬から飛び降り、汗をかいている馬の顔を撫《な》でてやる。

馬はくすぐったそうに、しかし気持ち良さげに俺に撫でられた。

「基本はそうする。予備はありそうか？」

「少し質は落ちるが、数頭までは確保できます」

「じゃあそれも頼む――ああ、ご苦労だった、良い馬だぞ」

馬から飛び降りた瞬間から、控えていた厩《うまや》の者がやってきた。

俺はその男に手綱を渡しつつねぎらった。

「きょ、恐縮です」

「この馬はお前が育てたものか？」

「は、はい！　これくらい小さい時から」

皇帝の俺に話しかけられるとは思っていなかったのか、男は舞い上がって、たどたどしく答えた。

「そうか、よくやった。俸禄《ほうろく》の一年分を褒美にやろう、後で内務省に取りに行け」

「ありがとうございます！」

男は手綱を引いたまま器用に跪《ひざまず》いて頭を下げ、その後やっぱり手綱を引いたまま器用に立ち上がって、俺に恭《うやうや》しく頭を下げたまま馬を引いていった。

「馬を知り尽くしているな」

男を見送りながら、俺はそう言った。

「どのようなところが?」

ヘンリーが不思議そうに聞いてきた。

「馬の側《そば》で何をするにしても、『いきなり』というのが一番よくない。いきなり何かをするだけで馬は棒立ちになって危険――は、戦場をよく知っているヘンリーには無用な説明だな」

「はっ」

「あの男、馬の側でいきなり平伏したのに馬は驚いていなかった。させないような動きだったのか、それともそれだけその男に信頼されているほどの仕込みをしたのか」

「なるほど、両者かもしれないな」

「はは、その可能性もあったか」

ヘンリーに指摘されて、俺は自分の側頭部を小突いた。

確かに、どっちか片方だけが理由じゃなきゃだめなんて理屈はない。

両方ある、というのも充分に考えられる。

「王宮の厩番だ、下手な人間はいないものだ」

「そうとも限らないぞ」

「え？」

「あれの後任がはっきりと無能になる方法をおしえてやろうか」

「……陛下が直接任命する、というの以外ですよね」

眉《まゆ》をひそめつつ、前提を確認してくるヘンリー。

「あはは、それはそうだ。余が無能を直接任命しては話にならん」

「……」

ヘンリーは考え込んだ、が、思いつかなかったようだ。

「分かりません。一体どのようにして？」

「簡単な事だ。この馬の世話係として、あの男を親征に連れて行って、余が可愛《かわい》がってやれば良い」

「…………そうか」

ヘンリーは少し考えて、苦虫をかみつぶしたような表情で、なんとか絞り出すように笑った。

「陛下のお目に留まる可能性のある職なら、政治的に争われることになる」

「そういうことだ」

「政治的に争われるだけの低位な職であれば操《あやつ》り人形なだけの、無能である可能性が高い……やはり陛下はすごい、この一瞬でそこまで考えておられたとは」

俺はふっと微笑《ほほえ》んだ。

「今でも余の目に留まる可能性のある所には親王や大臣らの角逐《かくちく》の場になっているだろ？」

「そうですな」

「ヘンリーもどこかに自分の家人《かじん》を置いているだろ？」

「私は陛下の幼い頃《ころ》から知っています」

「ん？」

「陛下が好む、能力のある者しか置いていないつもりです」

「はは、なるほどな」

俺は声に出して笑った。

ちょっと楽しくなった。

ここで「してない」とは言わないのもヘンリーらしい。

当然のことだが、親王クラスであっちこっちに自分の息の掛かった人間を置かないわけがない。

以前の無能親王ならいざ知らず、今はどの親王もそこそこに出来る人間だ。

情報やコネクションがどれだけ大事なのかはみんな知悉《ちしつ》している。

そもそも、親王邸からでた人間は「家人」と呼ばれているくらいだ。

そういう息の掛かった人間があっちこっちにいるのは当たり前のことである。

「ふふっ」

「どうされましたか陛下」

「いやなに、この話から、親王の家は互いのスパイだらけだ、という事を思い出してな。余は生まれたときからそうだったから不思議にも思わなかったが、ただの村人であればこの光景をとても不思議に思っていただろうな」

「仕方ない事とはいえ、悪《あ》しき文化ではあります」

「こうなったのは中興《ちゅうこう》後からだったな」

「はっ」

ヘンリーは俺の言葉に同意した。

中興。

かつて、帝国は滅亡の危機に瀕《ひん》したことがあった。

それを中興の祖が立て直して、帝国を再度の繁栄に導いた。

「それ以前は皇太子以外は放任で育てられていたのだったな」

「はっ。その時の教訓を活《い》かし、親王に封地を与え、政治に参与させて育成をする様になりました」

「それで中興以降の親王の質はあがった、が、政治に携わることで、それぞれがスパイを潜り込ませ合う事になった。世の中ままならないものだな」

俺はふっと笑った。

「ダスティンなどからすれば、昔の方が生きやすかったのかもしれない」

「あははは、確かにな」

ヘンリーが言い、俺は笑った。

第十親王ダスティン。

有能なわけではなく、十代の頃から一貫して「女好き」で知られる人物。

それでどうなのかと思ったこともあったが、ギルバート、そしてアルバートが立て続けに倒れたことで不意に察した。

あれはダスティン一流の韜晦《とうかい》の術で、ひたすら女好きを貫くことで「玉座に野心はない」と主張しているのだと。

玉座に興味が無く、ひたすら女好きであるのなら、親王として放っておいても問題はない。

ダスティンは、いち早くそのポジションに気づき、たどりついた——のではないかと、今となっては思っている。

「……時効なのでお話しするが」

「ん？」

「陛下の十三親王邸は、もっとも間者を潜り込ませにくい家だと、我々の間では有名だった」

「へえ？」

俺は体ごとヘンリーの方を向いた。

そんな風に言われていたのは今まで知らなく、初めて聞かされた話で興味深かった。

「十三親王邸の使用人のほとんどは陛下に恩義を受けた者。中でも命の恩人だと思っている者も少なくない」

「ああ、そうだったな」

「そのため潜り込む事が難しく、色々とかいくぐって潜り込めたとしても、ほとんどの者が陛下に恩義を感じているので、陛下の目が届かない所でも自然と陛下のために警戒をする」

「なるほど」

「特にあのエヴリンという女、あの女に対する陛下の采配《さいはい》はすごいとみなが口を揃《そろ》えて言っている。恩義だけでなく、未来まで見せてくれるなんて、と」

「家人《かじん》はどこも出しているだろ？」

「女をそうしたのは陛下が初めてだし、今でも陛下だけだ」

「……ああ」

俺は小さく頷《うなず》いた。

そうだった、そうだったな。

エヴリン、元は十三親王邸の接客メイドだったのが、俺がアルメリアの代官として派遣した。

女を代官にしたのはほぼ前代未聞といっていい。

「あれで陛下は才能と忠誠心があれば重用してくれると、ますます使用人達の団結力があがる結果になった」

「人は宝だ」

俺は振り向き、空を見上げながら言った。

「人間の半数は女。男と同じ数がいるのに、活用しないのはもったいないだろ？」

「それが陛下のすごさです。我々では女を重用することはできません」

「……そうだな」

俺は小さく頷いた。

それは今でもそう思っている。

皇帝になって、もっと好き勝手に女を登用できるのかと思ったら、伝統を重んじる者達からの抵抗が今でも続いている。

中々上手《うま》くはいっていない。

まあ、仕方がない。

すぐにどうにかなるとは俺も思っていない。

地道に変えていこう。

「……さっきの男」

「はい？」

「あの厩番の男、やはり親征に連れて行く。適当な職を与えてやって、余の馬の世話をさせろ」

「それは構いませんが……何故？」

「このまま置いておけば政治ゲームに巻き込まれて、余が戻ってきた頃にはどこかへ消えかねん」

「ああ……」

「馬の世話にかけては腕はちゃんとしているようだから、しばらく保護しておく」

「さすがでございます」

「では頼んだぞ」

「はっ。後方に従軍させます」

俺は頷き、馬場を後にした。

人は宝だ。

この考え方がもっと広まれば良いのだがな。

126

出征

NOBLE REINCARNATION

バナジン通り。

それは王宮から帝都東の凱旋門《がいせん》に続く一本道の名前である。

凱旋門とはその名の通り、戦勝した軍が凱旋したときにくぐる門だ。

遠征した軍は、遠方で戦勝したあと、帝都に帰還して凱旋門をくぐって王宮に向かう。

それが戦勝パレードになるように、門の位置から通り広さまで計算されて作られたものだ。

更に古い歴史を辿《たど》れば、初代皇帝が「帝都陥落」の際には、一直線に逃げられるということで、逃げやすいように一本道として作られたという説があるが、一本道だと相手も追いかけやすいから
これは俗説の域をでない。

そのバナジン通りで、俺《おれ》は馬にまたがって、行進していた。

俺の前後には兵がいる。

これまた儀礼用の、きらびやかな武装をした兵士に前後を守られるような形で進んでいる。

そしてバナジン通りの両横には、帝都の民が大挙して詰め寄っていて、割れんばかりの大歓声をあげている。

皇帝出征――親征のパレードだ。

帝国軍の主力は既に前線に向かっていて、ここにいるのはほとんど儀仗《ぎじょう》の為の兵だ。

それ故に、華美で勇壮な、実戦には不向きな装いがされている。

実戦にこそ不向きだが、見栄えは一級品だ。

この儀仗兵のパレードに、帝都の民は興奮のるつぼにおちいった。

「あれは皇帝陛下か、まだ若いのに凜々《りり》しくていいじゃないか」

「前の陛下も格好良かったけど、今の陛下も負けないくらいいい男ね」

あっちこっちから、皇帝の俺を称《たた》える声が歓声に交じって聞こえてくる。

称える歓声というのは、民の安心感の上に成り立っているのだから、パレードの効果に俺は満足した。

「おおおっ！」

「なんだあれは！」

「馬が！　馬が黄金色に輝いたぞ」

行進を続けているうちに、俺がまたがる白馬から汗が流れ出して、白毛と溶け合って馬体が黄金色に輝きだした。

すると、それまでの歓声が一段とボルテージが上がっていった。

地響きを彷彿《ほうふつ》とさせるような、ワンランク上の大歓声になった。

その大歓声で、俺のまわりを取り囲んでいる儀仗の騎兵の隊列が乱れた。

馬が反応し、暴れ出《だ》しそうになった。

「大丈夫だ、このまま進め」

俺が乗っている白馬も同じように反応し、今にも前足を振り上げて、棒立ちになっていななきだしそうな勢いだった。

それを事前に察し、手綱を引いて鐙《あぶみ》で腹を締めて、馬を落ち着かせた。

結果、まわりの騎兵が浮き足立っているところ、俺だけが普通に進行していた。

「見ろよ、あの手綱捌《たづなさば》き。すげえな皇帝は」

「へっ、そんなの馬が良いだけだろ」

「バカかお前は、『鞍上に人なくて鞍下に馬無し』って聞いたことないのか。ありゃただ上手《うま》いだけじゃねえ、馬の事も知り尽くしてないとできない芸当だぜ」

民の褒め詞の中、俺は更にバナジン通りを進んでいく。

民の熱狂は、帝国の戦勝を信じて疑わない、そんな感情からあふれ出したものだ。

そんな熱狂の中を進み、凱旋門を通って、やがて帝都の外に出る。

帝都の外には神輿《みこし》が待っていた。

「お待ちしておりました」

神輿の側《そば》にオスカーがいた。

帝都守護の摂政親王、それが今の彼の職位だ。

だからここまで出てきて、俺の見送りをしている。

俺は馬から飛び降りて、オスカーの前に立った。

「ご苦労。後は任せた」

「はっ……」

深々と頭を下げるオスカーの横を通って、神輿に向かっていった。

それは赤色を基調に、部屋一つ分の広さがある神輿だ。

枠組みは木造だが、紗《しゃ》を使った幕で四方を囲っている。

それを数十人を使って担《かつ》がせ、馬とは違う意味で威容を誇示するための乗り物だ。

神輿は地面に下ろされているが、それでも相当の段差がある。

俺は用意されているはしごを使って登り、神輿に乗った。

「出発だ」

神輿の中から号令を出した。

その号令は瞬く間に全軍に広がった。

神輿は担ぎ手達によって担ぎ上げられて、ゆっくりと進行をし出した。

ちらっと後ろを見た。

オスカーが頭を下げたまま見送っていた。

やれることはやった。

オスカーが事を起こしても起こさなくても対応できるようにした。

もちろんそうならない方がいいと、そう祈りながら、俺は帝都を発《た》った。

「お疲れ様です、陛下」

神輿の中で、先に乗り込んでいたアリーチェがそう言ってきた。

手によく絞った手ぬぐいを持っていて、俺に差しだした。

「ご苦労、ふふ」

俺はクスッと笑い、手ぬぐいを受け取った。

「何かおかしかったですか？」

「いや、自分で顔を拭《ふ》くのも久しぶりだと思ってな」

俺は笑いながら、受け取った手ぬぐいで顔を拭いた。

二十五年ぶりくらいか、自分で顔を拭くのは。

前世ではこういったことは普通に自分でしていたのだが、十三親王ノアに生まれ変わってからはメイドや女官《にょかん》達にやってもらっていた。

むしろ自分でやらないのが貴族、自分でやると「格を落とす」とまである。

それを知らないアリーチェは数十年前の俺で、一周回って新鮮にうつった。

「す、すみません！　私知らなくて」

「ああ、知ってる。楽しかっただけだ、責めてはいない」

「あの……した方が、いいですか？」

「そうだな、今回はそうしてくれ」

「分かりました！」

アリーチェは握りこぶしを作って、力溜《た》めの仕草で意気込んだ。

「さて、早速歌ってくれるか」

「はい！　どういう歌が良いですか？」

「そうだな。余を……男を誘う艶《つや》のある歌を」

「はい……っっ!!」

一度は頷《うなず》いたが、アリーチェはビクッとして息を呑《の》んだ。

俺の言葉にでは無い、俺が「出した文字」に驚いたのだ。

言葉だとまわりにいる人間に聞かれるから、俺はフワワを使って、アリーチェとの間の何もない空間に文字のオブジェクトを作った。

『余がお前にのめり込んで堕落《だらく》していると見えるように』

という文字を作った。

アリーチェの目に入って、はっきりと認識したのが分かると、フワワを解除してそれを再び指輪の中にしまった。

「陛下……すごい……」

「そうか？」

「分かりました、歌います」

アリーチェはそう言い、横に置いてある自分の荷物の中から小さな琴《こと》を取りだした。

携行性に優れた小さな琴だ。

しばし弦の調子を確かめてから——歌い出した。

琴を奏《かな》でずに、まずは自分の声で。

「……っ」

俺は息を呑んだ。

音楽は物語性を持つ。

そして物語には「順番」がある。

しかし、アリーチェの歌声は、物語の「筋」をいきなりすっ飛ばして、まるでクライマックスから始めたかのような歌い出しだった。

自分の声のみでの歌だが、どんな伴奏が伴《ともな》った歌声よりも力強く、胸に響いた。

ものすごく苦しそうで、切なさそうで。

自分の中にある感情を必死絞り出すかのような歌い方だった。

聞かされたこっちも、心が震えるかのような思いだった。

衝撃的な歌い出しのあと、琴の旋律《せんりつ》が流れ出す。

アリーチェの白魚の様な指が琴の上で踊って、メロディを奏《かな》で出す。

「ふむ」

俺は頷いた。

同時に、ある事に気づいた。

首だけ振り向いて、視界の隅っこにいる宦官《かんがん》に話しかけた。

「止まっているぞ」

「……はっ！　も、申し訳ありません!!」

宦官は我に返って、慌てて頭を下げて、命令を伝達した。

驚く事に、アリーチェの歌に聴きほれていたのか、全軍の動きが止まっていたのだ。

命令が波打ったかのように広まっていき、進軍が再開された。

俺はアリーチェの歌に聴き入った。

部屋のような神輿の上で、置かれていた肘《ひじ》掛けにもたれ掛けながら、遠くに下がった宦官を手招きで呼びつけた。

「お呼びでしょうか」

「酒、それと酒肴《しゅこう》だ」

「はっ、ただいま」

宦官は俺の命令を受けて、準備に走った。

しばらくすると、進行中の神輿の上に酒や酒肴が流水の如《ごと》く次々と運ばれてきた。

親王クラスでも到底享受できない、皇帝ならではの贅沢《ぜいたく》だ。

それを、俺は「見せびらかす」ようにした。

酒で唇を湿《しめ》らせながら、アリーチェを見る。

同時に、ちらりとまわりの兵らを見る。

兵らの表情からは、まだ動揺から抜けきっていないのが分かった。

あの歌い出しは、それほど心を震わす力があった。

「……有難《ありがた》いな」

独りごちながら、俺はアリーチェが一曲歌い終えるのを待った。

終曲し、アリーチェは上気した顔で見つめてきた。

力強い、美しい瞳《ひとみ》だ。

「ご苦労、側に寄れ」

「は、はい」

「酒を注《そそ》いでくれ」

「わ、分かりました」

アリーチェは琴を置いて、俺の側にやってきて、言いつけ通り酒をついだ。

俺は鷹揚《おうよう》とそれを受けた。

☆

夜、野営地の中。

皇帝専用の天幕は、庶民なら十人家族が悠々《ゆうゆう》と過ごせるほど広い。

それどころか庶民の家が一軒丸ごとおさまるほどの広さだ。

そのテントの中で、アリーチェと二人で向き合っていた。

昼間の神輿の上では、酒場の看板娘のように、横に座ってもらい酒を注いでもらってたが、今はテーブルを挟んで、向かい合って座っている。

「今日はご苦労だった」

「う、ううん。私、ちゃんとできていましたか？」

「充分過ぎる。特に一曲目のあの歌い出し——」

俺は少し考えて、聞いてみることにした。

「あれは素晴らしかったが——」

「え？　な、なにかまずかったですか」

「いや、お前の才能も力量も認めている。だが、あれほど人の心を震わす歌は早々歌えるものではない。それこそ著名な刀匠が渾身《こんしん》込めて打った会心の一振り——そういう類《たぐ》いのものだ」

「えっと……」

「余の見立てが間違っていなければ、あれは再現しろと言われてもそうそうできるものではない。違うか？」

「……すごいです陛下。全《すべ》て、陛下にはお見通しです」

「そうか。なぜああできたのか、自分では分かるか？」

「えっと……」

アリーチェはもじもじしだした。

何かものすごく言いにくそうにしている。

「言いにくいのなら別に構わんぞ」

「う、ううん。そんな事はないです。その……い、今までの」

「うん？」

「今までの気持ちを、溜《た》まっていた気持ちを一気に解き放つように歌ったら、ああなりました……」

「ははは、なるほど」

俺は天井を仰いで、大笑いした。

「だったら納得だ。あの歌い出しはお前の人生そのものだったというわけだな」

「はい……」

アリーチェは微《かす》かにうつむき、恥ずかしそうに頰《ほお》を染めた。

彼女の人生そのものだというのなら、これ以上踏み込まない方が良いだろう。

「礼を言う、あれには少し助けられた」

「え？　どういう事ですか？」

「あの歌い出しに、兵士の多くは心を震るわされた。一瞬にしてお前のファンになったものも少なくない」

「そう……でしたか？」

アリーチェは少し驚き、聞き返してきた。

まわりを見ていなかったのはこっちも少しだけ驚いた。

「ああ。一部はお前の事を早速教祖かなにかのようにあがめていそうな表情をしていた。さすがだ」

「そんな……」

「だから、少し利用させてもらった」

「え？」

恥じらいから一変、「どういうこと？」って顔で俺を見つめてきた。

「お前が歌った後、すぐに俺に酒を注がせた」

「あ、はい」

「あれでまわりの兵から大分不満の目で睨《にら》まれたよ」

「す、すみません」

「いやそれでいい、むしろそうする様に仕組んだ」

「え？」

「あの歌でさえ心を震わせられずに、お前をただの酒場の看板娘のように扱った。間違いなく、酒色に耽《ふけ》る低俗な皇帝という噂《うわさ》が立つだろう」

「あっ……」

アリーチェはハッとした。

今回の自分の役目を改めて思い出したようだ。

「そうだ、今回お前を連れて来たのはそのためだ。お前の歌に心を震わせられたのは予定外だったが、それを利用させてもらった」

「すごいです陛下……一瞬でそこまで計算して」

「お前のあの歌があってこそだ」

俺はそう言い、真顔でアリーチェを見つめた。

「助かった、ありがとう」

「そんな……」

アリーチェはまた頬を染めて恥じらった。

「そういうわけで、これから毎晩、ここにいてもらう事になる」

「は、はい！　分かってます。覚悟はできてます！」

「はは、そこまで気負う必要はない」

意気込むアリーチェに、俺は微笑《ほほえ》んで返した。

「ここにいるだけでいい。歌ってもらう必要もない分普段よりは楽のはずだ」

「は、はい」

「というわけで――余は少しはずす」

「え？　どちらへ？」

「少しな。夜明けまでには戻る」

「あっ、はい……」

頷くアリーチェ。

さっきの意気込みから一変、何故か寂《さび》しそうな表情をしていた。

「どうした、何かあるのか？」

「え？　う、ううん、何でも無いです」

「……いいのか？」

「はい！　行ってらっしゃいませ」

アリーチェは気を取り直して、って感じで俺を送り出した。

何か言いたそうな事があるみたいだが、無理矢理聞き出せるようなものじゃなさそうだ。

こっちが感づいて「そうなのか？」と聞けば白状するが、そうじゃない限りはいくら聞いても本心は隠す——そういう類いのものだと感じた。

今はそれを探る時間はないから、後回しにした。

「では、行ってくる」

「はい」

俺はアリーチェをテントの中に残して、外に出た。

127 皇帝の忍び足

テントを開けて、外に歩き出す。

野営地の中、絶えず見回りの兵士が動き回っている。

その間をぬって歩いて行く。

普通に歩いているが、誰にも見つからずに進めた。

そうして歩きながら、少し離れたべつのテントに入った。

「誰《だれ》だ――へ、陛下!?」

テントの中にはヘンリーがいた。

ヘンリーは簡易の砂盤《さばん》の前にいてそれをじっと見つめていたが、俺《おれ》に気づいて慌てた。

近づいてきて、パッと膝《ひざ》をつこうとするが。

「よい、あまり大声をだすな」

「……はっ」

その一言でヘンリーは俺が「忍んで」来たのだと分かって、声を自然と抑えた。

「陛下はどうやってここへ？」

「ん？」

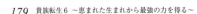

「陛下の警護も私の役目。どこかに行く時は必ず報告するようにキツく言っているのですが」

「ああ、その事か。だったら誰《だれ》も責めるな、余が分からないように忍び足で来たのだからな」

「忍び足……？」

ヘンリーは眉《まゆ》をひそめる。

無論、言葉通りの忍び足だとはヘンリーも思っていないが、だからこそ不思議に思っているようだ。

「簡単な事だ、ほれ――」

「――むっ」

ヘンリーはパッと振り向いた。

真後ろを向いた後、訝《いぶか》しげにこっちに振り向いた。

「今のは陛下が？」

「ああ。リヴァイアサンの力を少し違う形でやってみた」

俺はふっと微笑《ほほえ》み、指輪の中からリヴァイアサンを解き放った。

水の魔剣が、圧倒的な存在感を伴って顕現した。

リヴァイアサン――元レヴィアタン。

かつてアルバートとこのヘンリーから譲り受けたものだと思うと、少し感慨深かった。

そんな風に昔を懐かしみながら、ヘンリーに説明をする。

「リヴァイアサンで殺気を放って、威嚇する技のことは知っているな」

「はっ、陛下の御業《みわざ》として有名です」

「それと今のこの圧倒的な気配も感じられるな」

「もちろんです」

「この気配を、常にまわりの人間の背後に放った」

「常に背後に？」

「もっと言えば、余がいる方角とは反対側にだ。するとあら不思議、余が通る直前にみな何故か反対側に振り向きたがる」

「なんと……！」

「平たく言えば全員の視線を誘導させたわけだ。後は文字通りの『忍び足』でここまでやってきた」

俺はクスッと笑った。

「これができるのはあくまで視線誘導、音には反応してしまうからな」

「すごい……そのような事までできるのですか」

「リヴァイアサンの力をもっとなにか活用できないかと考えていたら、な」

「さすがでございます」

ヘンリーは深々と頭を下げた。

「……」

「どうした、何を考えている」

「いえ、その力を戦場でも使えないものかと」

「難しいだろうな。今も説明したが、あくまで別方向に気配を感じる、ってだけの技だ。両軍がぶつかり合う合戦で、反対側から気配がしても、兵士では目の前の敵兵に必死になるだけだから、脇目《わきめ》もふってはくれまい」

「……たしかに」

ヘンリーはふっ、と微苦笑した。

着眼点は良いが、さすがにそれは少し無理があった。

「まあ、色々と考えてはいる。戦術に組み込めそうなものがあったら教える」

「はっ」

「では話を聞こう。今日の行軍はどうだった」

「はっ！」

ヘンリーは一礼して、体を少しずらし、俺に砂盤への道を譲った。

俺は進み出て、砂盤の前に立った。

砂盤とは、作り替えが可能な立体的な地図のことだ。

地図は通常、平面に書かれる。

その平面にも、いくつかの決め事に沿って、高さと低さを表現している。

が、それは決め事という、あらかじめ定められたルールを知らなければ読み取ることはできない。

同時に、ルールを知っていても、よほど詳しくなければ瞬時に読むこともできない。

それを、地図の上に砂を載せることで、高低差という、立体的なものを、その時その時の状況に置き換えて、すぐに作り替えられて、分かりやすくしたのが砂盤だ。

技術的には大したことはないが、陣中には欠かせないアイテムの一つだ。

今も、まわりの地形と、この野営地を模した作りになっている。

俺はそれを見下ろしながら、ヘンリーに聞いた。

「概《おおむ》ね予定通りです。少し余裕がありますので、明日は少しペースを上げられます」

「予定通りなのか？」

「はっ」

「……それは、兵らにも分かるものなのか？」

「兵はどうだろうか。ああ、隊長クラスならうすうす体感で分かるかと」

「そうか。前線の方は？」

「着々と準備を進めております。陛下が到着次第すぐにでも」

「分かった。なら、明日は出発を少し遅らせよう」

「え？」

ヘンリーは驚く。

砂盤から視線を動かさない、振り返らないでも、ヘンリーの驚き顔が見えてくるようだった。

「なぜ、そのような事を？」

「忘れたのか、今回はまず、初の親征だから、ある程度侮ってもらう動きをしている。アリーチェを連れて来たのもそれが理由だ」

「……あっ」

「そうだ。余は明日――そうだな、昼前までは起きてこない。前の夜の放蕩《ほうとう》がたたってな」

「御意《ぎょい》。では準備自体は予定通りさせます」

「ああ」

「陛下の事は強く隠します」

「当然だな」

「一人金を受け取って外と通じている宦官《かんがん》がおりましたので、締め付けたあと、三日後を目安に陛下の身の回りに配置します」

「うむ」

ヘンリーは次々と案を出した。

俺は砂盤の縁に手を軽く触れながら、一つずつ聞きながら、許諾《きょだく》を出していく。

しばらくして、ヘンリーの言葉が止まった。

俺は首だけ振り向いて、ヘンリーを見た。

「もう終わりか?」

「いえ……陛下はやはりおすごいと思ったのです」

「何の事だ?」

「古い話ですが、私は初めて大軍を率いて出征した際、気が大きくなったものです」

「気が大きく?」

「はい、あの時の兵は一万でしたか……一万人の中心にいて、指先一つでそれを自由に動かせる立場にある。その事に自分がまるで神にでもなったかのような夢心地でした」

「はは、親王は間接的になら一万人くらいに影響を与えられるが、直接視界に入った一万人を動かせるとなるとそうそうないからな」

「はっ。その時は参謀の言うことはまったく聞かず、自分で全てできる、自分で全《すべ》てを決める――と。一応は勝利しましたが、今となっては、あの時の状況を考えたら判定負けとも思えます」

聞いた後、再び前を向いた俺。

背中越しでも、ヘンリーが苦笑いしているのが分かった。

「今なら――あえて言うが、敗因が分かるのか？」

「はっ。全能感が高くなりすぎて、なんでも自分で決めないと気が済まなかった。今回も、あの時の私なら、明日はいついつに出発する。口止めは具体的にはこうしろ、と、あれこれ口を挟んでいました」

「ああ、飯屋に行った、塩の分量、ゆでる時間、そういうような無意味に細かいところまで指示していたというわけか」

「さすがです陛下。おっしゃるとおりでございます」

ヘンリーは軽く腰を折った。

「陛下は初親征であるのにもかかわらず、そうならずに大きな方針だけを示し、後は任せて下さいます。それがすごいと思った次第で」

「はは、余には父上ほどの才覚はないからな。任せられるなら任せる。口を出すのは明らかに間違っている時にだけ。そうしているだけだ」

「私には……いえ普通はそれができません」

俺はふっと笑い、砂盤の縁をポンポンと叩《たた》いた。

「とにかく任せた。お前は信用できるからな」

「恐悦至極に存じます」

「余は少しまわりを見てから天幕に戻る」

「ご一緒します！」

「好きにしろ」

ヘンリーのそれは、「いざという時は護衛します」的な発言だった。

よくあることなので、俺は気にしなかった。

ヘンリーを連れて、テントを出た。

来たときと同じように、リヴァイアサンで「意識逸《そ》らし」をしながら進んだ。

「こ、これは――」

「しー」

驚いて声が出そうになったヘンリー。

指を唇に当てる、古典的な仕草で黙るように言った。

ヘンリーはハッとして、口を閉ざしてついてきた。

そのままヘンリーを引き連れて、野営地の中を回った。

最初はリヴァイアサンの補助が必要だったが、次第にこの力の使い方が分かってきて、スムーズに視線を操作する事ができるようになった。

そうやって、ぐるりと野営地を一周した後、正面から堂々と外に出た。

少し離れて、野営地を振り向く。

たくさんのかがり火が焚《た》かれていて、帝都ほどではないが、野外でそこだけまるで昼間かのような明るさだった。

「特に問題はなかったな」

「……」

振り向いた先で、ヘンリーがぽかーんとなって、絶句していた。

「ヘンリー？」

「……はっ、も、申し訳ございません」

「どうかしたか？」

「陛下のお力、話に聞いていたのより数段はすごくて、思わず言葉を失っていました」

「そうか？」

「はっ。野営で、誰《だれ》にも気づかれず、お供もつけずに外まで出てこられたのは初めての経験です。……いや、前代未聞と言っていいでしょう」

「大げさだな」

「とんでもない！　これがどれほどの事か……あっ」

「どうした」

ハッとするヘンリー。

何かに気づいたような表情で、喜びとともに複雑そうな気持ちと、それがない交ぜになった顔だ。

「陛下のこのお力、もしや単身で敵陣に侵入し、敵将のみを暗殺できるのでは？」

「なんだ、そんな事か」

俺《おれ》はふっと笑った。

「できる、が」

「が？」

「さっきも言ったように大軍には効かん。それと同じ理由で、敵将が暗殺されたような状態では、気配がする程度で犯人捜しは止められん。仕留めるまではいけるが、脱出が困難だ」

「な、なるほど……」

言葉を失い、落胆するヘンリー。

しかしそれも一瞬の事で。

「さすが陛下、そこまで考えておられたのですな」

「ん？」

「どうなさいましたか陛下」

「あれは……早馬か？」

「え？」

ヘンリーが俺の視線を追いかけていった。

目を細めて、眉《まゆ》もぎゅっと寄せる。

夜目があまり利いてなくて見えてないようだ。

「………あっ、確かに、蹄《ひづめ》の音が」

「うむ」

少し待ってから、ヘンリーは目ではなく耳で感じ取ったみたいだ。

「急ぎの軍報だろうか」

「戻ろう」

「はっ」

俺はヘンリーを伴って、野営地に戻っていった。

野営地の入り口で、早馬に乗ってきた男が、ボロボロの格好で息を切らせて、門番と押し問答をしていた。

「だから！　緊急なんだって！」

「だめだ！　手形がない者を通すわけにはいかない」

「手形なんて持ってるわけがないだろ、直で来たんだ」

「だめだだめだ、都に行って摂政王の手形なり、そういうのをもらってこい」

早馬の男は必死に訴えるが、門番の兵士はそれを毅然《きぜん》と払いのけていた。

「どうした」

俺が声を出して近づくと、門番の兵士は俺を無視して、斜め後ろにいるヘンリーに反応した。

「何者――って、親王様!?」

俺はくすっと笑った。

よくあることだ。

階級の低い現場の兵士だと、皇帝にはあったことが無いから、ぎりぎりで見たことのある親王にまず反応するのはよくあることだ。

そして――。

「陛下の御前であるぞ」

それで先に反応された方が、より高位の——皇帝の正体を明かすまでが一連のよくある流れだ。

すると、門番も早馬の男も慌てだした。

「「へ、陛下⁉」」

慌てた二人は、一呼吸間を空けて、俺に向かって平伏した。

「も、申し訳ございません。俺はてっきり——」

門番の兵士がまず、ものすごく怯《おび》えた声で弁明をこころみた。

「よい。手形がない者は通さない、良い心がけだ。ヘンリー、後で100リィーンくれてやれ」

「はっ」

「それで……そっちは？」

「え？」

早馬の男にも水を向けると、男は平伏したまま、顔だけ上げてきょとんとなった。

「火急のようなんだろう？　余か兵務親王に報告があったのではないか？」

「は、はい！　親王様——ああっ、いえ！　親王様を通して陛下に上奏するようにとのものです」

「そうか」

俺は頷《うなず》き、早馬の兵士が差しだした封書を取り出した。

頭から尻《しり》まで目を通して、眉がビクッと跳ねた。

「陛下？」

「……この者にも100くれてやれ。疲れてるだろうからごちそうと酒も出してやれ」

「……はっ」

☆

先に天幕に戻った俺は、執務机の前で、さっき受け取ったばかりの封書を見つめていた。

そこに実務の処理を終えたヘンリーが入ってきた。

「陛下」

「おお、来たか。まあこれを読め」

「御意《ぎょい》」

ヘンリーは近づいてきて、俺の手から封書を受け取った。

読んでいくにつれて、ヘンリーがわなわなと震えだした。

「増長にもほどがある！」

ヘンリーは読んでいたものを地面に叩《たた》きつけた。

こめかみに青筋が浮かんでいる。

転生して、ヘンリーの事を知って二十数年。

かつてこれほど激怒しているのを見たことがない。

「想定内ではある」

「陛下⁉」

「まあ待て、反乱軍が皇帝を僭称《せんしょう》するかもしれないというのは想定内だ。むしろ、この言い分は褒めてやってもいいくらいだ」

俺はくすくすと笑いながら、ヘンリーが叩《たた》きつけた報告書を拾い上げる。

それは前線からの報告書。

反乱軍の王が皇帝を自称しだしたという報告だ。

「褒める？」

「うむ。要約するとこうだ。出所不明の歴史書に載っている、古《いにしえ》の家系図にいつの間にか書き加えられた線を根拠に、余ではなく向こうの方が正当な統治者であるという主張。だろう？」

ヘンリーの怒りを静めるために、あえて揶揄《やゆ》をたっぷり込めた言い回しをした。

が、あまり効果は無かったようだ。

「その思い上がり、断じて許される事ではない」

「そうだな。が、冷静になへンリー。やることは変わらんのだ。熱くなって足元すくわれんようにな」

「……御意」

俺にたしなめられて、ヘンリーは渋々と引き下がった。

その後「対処を考える」と言って天幕から立ち去った。

俺は報告書を改めて見つめた。

☆

同時刻、帝都。

第八親王邸に、別の早馬が駆け込んだ。

皇帝の元に届けられたものとは別ルートの、オスカー個人の情報源からの報告だ。

その報告を受けたオスカーは――。

「ふざけるな！！！」

知っている人間が目を疑うほどに激した。

自室の調度品を片っ端から叩き壊して、自分の怒りをぶちまけた。

「偽帝……偽帝だと!?」

いつもは温和なオスカーらしからぬ激怒っぷりで、家族も使用人も一様に怯えていた。

「思い上がりにもほどがある……ッッ」

オスカーの目には、はっきりとした怒り――いや。

殺意が、芽生えていた。

☆

天幕の中、俺は一人で報告書をじっと見つめた。

「……さすが第一宰相だな」

俺は結果に満足した。

反乱軍が皇帝を自称し、正統性を主張したのは俺の策だ。

長く宰相をやっているジャンは、反乱軍側とも「それなり」のつながりがある。

そのつながりを使って、それとなく皇帝を自称するように、悪魔のささやきをかけた。

これは成算が非常に大きいと思っていた。

もともと反乱しているわけだから、皇帝の自称や正統性の主張は「ちょっと押せば」いけると思った。

問題は、そこで起きる連鎖だ。

オスカー。

彼は皇帝が絶対的な存在でなければと思っている。

それがどれほどのものなのかは知らない。

もしも、それが強いものなら、反乱軍の「正統性の主張」というのに激怒するはずだ。

なぜなら、それはオスカーの理想も否定することだ。

オスカーは俺の帝位を狙《ねら》っている、しかしこれは、その狙っている帝位そのものを根底から否定することだ。

「……」

インドラとのやり取りで気づいた事を、策略に変えてしかけてみた。
これが効くのかは分からない。
今までちりばめてきた多くの策の一つ程度だ。
これが効けばいいな、と、俺は思った。
その時だった。

名前：ノア・アララート
帝国皇帝
性別：男
レベル：17+1／∞
HP　C+A　火　E+S+S
MP　D+B　水　C+SSS
力　C+SS　風　E+C
体力　D+B　地　E+C
知性　D+S　光　E+B
精神　E+A　闇《やみ》　E+B
速さ　E+A
器用　E+A

運　D+B

「――ッッッ!!」

俺は息を呑《の》んだ。

ステータスの事で、最初に水が一気に上がった時に勝るとも劣らないほどに驚いた。

なんと、左半分が全《すべ》て一ランク上がったのだ！

どういうことなのか警戒した――が。

半日後にその理由が判明する。

皇帝僭称の件で、オスカーが「初めて見るレベル」で激怒したという報告が入ってきた。

「……譲れないもの、か」

何人もの人間から聞いた「譲れないもの」というワード。

それをジャンに言って、ダメ元でしかけたもの。

きっちりと、オスカーの心を撃ち抜いたようで。

この親征、少なくとも首謀者を討《う》ち取《と》るまでオスカーの反乱はないと。

俺は、確信したのだった。

書き下ろし短編

あの日見た奇跡

第八親王、オスカー・アララート。

十二歳になったばかりの少年は、素材こそ上質だが、着崩した服装で街中を歩いていた。

大股《おおまた》で歩き、体を左右にゆらして、自分を大きく見せる歩き方。

「アニキ、今日はどこ行きます？」

「また娼館つれてって下さいよ」

オスカーの背後には、同じようにラフな格好をした男が三人ついてきている。

いずれも歳《とし》は十代の後半から二十代の前半といったところで、十二歳のオスカーからすれば年上も年上だが、三人ともおもねって、オスカーを「アニキ」呼ばわりしている。

「またか、本当に好きだなお前ら」

「そりゃあ、この世に女を抱く以上の快楽はありませんぜ」

「そうそう。それにアニキがつれてってくれる所っていったらもう！　すげえし、すげえし――なんだ、すげえんだろ」

「馬鹿《ばか》丸出しだなお前。そんなんで女にもてるのか？　娼館つっても嫌われることあるんだろ？」

オスカーはゲラゲラ笑いながら男をからかった。

一見して完全にオスカーが「主」となっている関係性だが、すれ違ったりするまわりの大人達が決まって顔をしかめるように、その関係性は決して健全ではない。

それを見た大人が、十人中十人がオスカーが良いように乗せられて、食い物にされていると感じるだろう。

「なあ、いいだろアニキ」

「分かった分かった。いつもの所でいいか？」

「やったぜ！　さすがアニキ話が分かるぅ！」

「俺《おれ》、先に行って知らせてくる」

取り巻きの一人がそう言って、かけだそうとしたその時。

「見つけたぞ！」

「ん？」

一行の前に、別の一団が現れた。

現れたのは十人近い集団で、全員がいかにもなごろつき風の格好をしている。

同じごろつき風でもオスカーの着ているものはよく見れば上質な素材が使われているのが分かるのに対して、相手側のは粗末な素材だったり、洗い古していたり、そもそもまともに洗っていなかったりと、「ごろつき」の純度が遙《はる》かに上だった。

「なんだお前らは？」

「ああっ！　アニキ、こいつらマグネシア通りの連中ですぜ」

「マグネシア……？」

オスカーは取り巻きから教えられても、まだピンと来ない顔をしている。

まるで記憶にない、眼中にないって反応だ。

その反応を見て、相手はますます逆上する。

「こいつ……後悔させてやる！」

相手のごろつきはそう言って、一斉に襲いかかってきた。

オスカーの方の取り巻きは焦《あせ》りつつも応戦したが、オスカー本人は余裕顔だった。

「ふっ」

鼻をならしながら、棒きれを持って殴り掛かってきたごろつきの攻撃をひょいと避けた。

その流れで男の手首に手をかけて、ひねり上げる。

「いてててーーぶぎゃ！」

手首をひねって、棒きれを取り上げる。さらに流れるような動きでそれを掴《つか》み、男ののど元をついた。

男は悶絶《もんぜつ》して、そのまま膝《ひざ》から崩れ落ちた。

オスカーはその棒きれを武器にした。

半身になって片手で持った棒きれを前に突き出している。

レイピア系の武器特有の構えだ。

その構えで、相手のごろつきを次々と突き倒していった。

オスカーは王族――親王だ。

幼い頃《ころ》から英才教育を受けている。

帝国は「戦士の国」だから、武芸全般は当たり前のようにしこまれている。

もちろん親王相手だと教える側もそれほど厳しくはできないが、そのかわり手心を加えて「勝ち癖《くせ》」をつけている。

例えばこのような、市井のごろつき同士の乱闘では、武芸の技術面よりも「思いっきりのよさ」の方が勝敗に直結する事が多い。

勝ち癖を植え付けてもらい、攻撃をためらわない親王とただのごろつきでは勝負にならない。

オスカーはあっという間にごろつきを全員倒した。

自分の取り巻きが苦戦している相手も、横から割って入り、代わりに倒していった。

「さすがアニキ！　一人で全部のしてしまいましたぜ」

「どうするアニキ、こいつらは」

「そうだな、裸に剝《む》いてケツに花火差して、その辺に放り出しとけ」

「ぎゃはははは、さすがアニキ、いい案だ」

「アニキ最高！」

オスカーはなぎ倒したごろつき達を見下ろしながら、取り巻きに持ち上げられて、意気揚々としていた。

幼いオスカーは全能感に支配されている。

帝国の親王であり、上の人間から見ればまだまだ荒削りだが、市井ではそれでまかり通ってしまえるほどの才覚がある。

王族が武芸を学んでも、ちやほやされすぎて、実戦ではまったく役に立たない話は決して珍しくない。

それに比べると、ごろつきとのケンカ程度にすぎないが、一人で十人倒してしまえるオスカーは間違いなく戦士の国の親王たる資質が備わっている。

能力的にもかなり高い。

レベルの上限が60台と、これは全人類で上位0・1%に入るほどの才覚だ。

親王であり、才能も能力もあれば、自分のまわりが世界の全《すべ》てだと勘違いしてしまうのもやむなしである。

だから、オスカーは自分の人生になんら不満はなかった。

親王である事もそうだが、いざとなれば自分の力で道を切り開くことができる。

そう思っていた。

☆

☆

しかしある日、その思いは粉々《こなごな》に打ち砕《くだ》かれる。

帝国皇帝、六回目の親征。

その凱旋《がいせん》に帝都中が沸き返った。

凱旋門から戻ってきた遠征軍を、バナジン通りに帝都の住民が押し寄せた。

通りの沿道はもちろんの事、民家や商店の窓部分から屋上に至るまで、ありとあらゆる所に住民が押し寄せた。

その大観衆の中、皇帝が凱旋した。

バナジン通りだけで十万人近くの住民が押しかけた所で、皇帝は行進を止めた。

そして神輿《みこし》の上で立ち上がった。

瞬間、住民はしずまりかえった。

十万人近い人間が、皇帝の次の一言を聞き逃さないように、誰《だれ》かに強制されるでもなく口を閉ざしたのだ。

十万人の静寂の中、皇帝は静かに右手を突き上げて、握りこぶしを作った。

ささやかな——戦果と比較すればあまりにもささやかなガッツポーズである。

その瞬間、バナジン通りが——帝都が沸騰した。

十万人の観衆が割れんばかりの大歓声で皇帝を称《たた》えた。

その中に、幼いオスカーはいた。

彼は衝撃を受けていた。

十万人を仕草一つで黙らせて、沸き上がらせる事ができた存在。

皇帝。

その皇帝の事が、オスカーにはまるで神に見えた。

オスカーは無能ではない、むしろ諸親王の中でもかなり賢《かしこ》い方の子供だ。

そのオスカーは一瞬にして悟った。

自分がいくらいきがろうとも、才能を振り回そうとも。

皇帝がしたあの「奇跡」には及ぶべくもないということに、オスカーは気づいた。


その日をきっかけに、オスカーは「目覚めた」。

態度を改め、文武両道に励み、自らを鍛え上げた。

しかし自分を鍛えれば鍛えるほど、あの時の皇帝の姿が遠く感じてしまう。

それでもいい、オスカーにはまったく問題が無かった。

帝国の皇帝とはそれほどのものなのだ、と。

彼はますます思うようになった、絶対的な存在として、信仰すべき存在として思うようになった。

それがオスカーの「絶対に譲れない」部分である。

あとがき

人は小説を書く、小説が書くのは人。

皆様初めまして、あるいはお久しぶり。
台湾人ライトノベル作家の三木なずなでございます。
この度は拙作《せっさく》『貴族転生～恵まれた生まれから最強の力を得る～』の第6巻を手にとって下さり誠にありがとうございます！

皆様のおかげで、第6巻を刊行することが出来ました。

前回から少し間が空きましたが、また『貴族転生』をお届けする事ができたのはすごく感激です。
本当にありがとうございます！

みなさん、RPGなんかをプレイするとき、「全PTメンバーの経験値を一緒じゃないと気持ち悪い」なんて事はありませんか。

なずなは昔からそうで、経験値を揃えないと妙にむずがゆいので、途中でＰＴメンバーの誰かが死亡したら、その先はもう「にげる」しかなくて、万が一倒して経験値がずれようものならもうリセットです。

クリアするのには意味のないこだわりですが、そうじゃないと気分よくプレイできないので、いつもそうしていました。

ノアのもそれに似ています。

極論、オスカーを呼び出してリヴァイアサンで斬ってしまえばいいのですが、ノアにはそれが出来ません。

反乱を起こさせてさくっと鎮圧させてもいいのですが、ノアにはそれが出来ません。

ノアは前皇帝、父親を「晩節汚した元名君」にしないために、オスカーには反乱を起こさせる訳にはいかないのです。

そういう、いわば縛りプレイのなかで、あーでもないこーでもない、と模索していったのが今回の第６巻です。

もちろん、今まで通り、一話ごとに「すごい」を三回、必ずいれる事も忘れずにやりました（笑）。

それでどうにかなったので、次巻がもしあれば、もう少し気楽にノアの「すごいライフ」が描けそうです。


最後に謝辞です。

イラスト担当のｋｙｏ様、ノアも格好いいですがオードリーも気高くて綺麗です！　最高です！

担当編集のＦ様、今回もご迷惑おかけしてすみませんでした！　ありがとうございます！

６巻の刊行の機会を与えて下さったＧＡノベル様。ありがとうございます！

本シリーズを手に取って下さった読者の皆様方、その方々に届けて下さった書店の皆様。

本書に携わった多くの方々に厚く御礼申し上げます。

奇跡の７巻刊行の可能性を祈りつつ、筆を置かせて頂きます。

二〇二一年十月某日　なずな　拝

GAノベル

貴族転生 6
～恵まれた生まれから最強の力を得る～

2021年12月31日　初版第一刷発行

著者　三木なずな

発行人　小川 淳

発行所　SBクリエイティブ株式会社
〒106-0032　東京都港区六本木2-4-5
03-5549-1201　03-5549-1167（編集）

装丁　AFTERGLOW

印刷・製本　中央精版印刷株式会社

ISBN978-4-8156-1247-4
Printed in Japan

ファンレター、作品のご感想をお待ちしております。

〒106-0032　東京都港区六本木 2-4-5
SBクリエイティブ株式会社
GA文庫編集部 気付

「三木なずな先生」係
「kyo先生」係

本書に関するご意見・ご感想は
下のQRコードよりお寄せください。
※アクセスの際に発生する通信費等はご負担ください。

https://ga.sbcr.jp/

試読版は
こちら!

第15回
GA文庫大賞
GA文庫では10代～20代のライトノベル読者に向けた
魅力あふれるエンターテインメント作品を募集します！
世界を書き換えろ！
イラスト／ファルまろ
大賞賞金300万円＋ガンガンGAにてコミカライズ確約！
◆募集内容◆
広義のエンターテインメント小説（ファンタジー、ラブコメ、学園など）で、日本語で書かれた未発表のオリジナル作品を募集します。希望者全員に評価シートを送付します。
※入賞作は当社にて刊行いたします。詳しくは募集要項をご確認下さい。
応募の詳細はGA文庫公式ホームページにて
https://ga.sbcr.jp/